# The New Me

by **Halle Butler**

一頁 folio

始 于 一 页 ， 抵 达 世 界

# 新的我

by Halle Butler

## The New Me

〔美〕哈莉·巴特勒 著

吴冬丽 译

广西师范大学出版社

·桂林·

**图书在版编目（CIP）数据**

　　新的我 /（美）哈莉·巴特勒著；吴冬丽译.——
桂林：广西师范大学出版社，2022.7
　　书名原文：The New Me
　　ISBN 978-7-5598-4924-3

　　Ⅰ. ①新…　Ⅱ. ①哈… 　②吴… 　Ⅲ. ①长篇小说 –
美国 – 现代　Ⅳ. ①I712.45

中国版本图书馆CIP数据核字（2022）第071579号

著作权合同登记号桂图登字：20-2022-001 号

XIN DE WO
新的我

作　　者：（美）哈莉·巴特勒
责任编辑：黄安然
特约编辑：苏　骏
装帧设计：汐　和　at compus studio
内文制作：陆　靓

广西师范大学出版社出版发行

　广西桂林市五里店路 9 号　邮政编码：541004
　网址：www.bbtpress.com
出版人：黄轩庄
全国新华书店经销
发行热线：010-64284815
北京中科印刷有限公司印刷
开本：787mm×1092mm　1/32
印张：7.25　　　字数：107千字
2022年7月第1版　　2022年7月第1次印刷
定价：42.00元

如发现印装质量问题，影响阅读，请与出版社发行部门联系调换。

献给耶日。

# 第一章

芝加哥，现在是冬天。

在一家名牌家具展销厅没有窗的后勤部，女人们站成一圈，穿着不合身的黑色、灰色和橄榄色牛仔裤，覆盖臀部的布料往下垂着，直至臀缝下方一两英寸[1]处。她们自己没有发觉，但都注意到了别人的这个问题。她们穿着廉价的麂皮踝靴和令人费解的皮毛背心，讲话时那背心拍打她们，让她们把嗓门调高了八度，涂过润肤霜的、柔软又黏糊糊的手夸张地打着手势。她们中的一人戴了顶髻，另一个在查看自己的计步器。

屋里放的背景音乐是埃德温·麦凯恩[2]的歌曲

---

1　1英寸约合 2.5 厘米。

2　埃德温·麦凯恩（Edwin McCain，1970— ），美国歌手、词曲作者、吉他手。

《我将会》("I'll Be")。她们可以选择播放自己喜欢的音乐。

她们轻松自如地在不同话题间迅速转换，嘴巴一刻不停。其中一人在抱怨自己工作之外的、真实生活中的一些事情，关于网购退货时遭遇的沮丧与羞辱。

戴着顶髻、穿着短上衣的那人低头看看，随后笑了起来。"天哪你们快看我好潮啊。"另一个人微微一笑，几乎无法掩饰自己的恶心，嘴里说着"才不呢，你看着是可爱型"，眼里却在说"我的天闭上你那张烂嘴吧"。

一个人俯在自己的简餐前，略带紧张地笑着，谈论起放在展销厅地上的一盏吊灯："在我老家，20 000美元能买一栋房子。"一团绿色的菜泥挂在她马海绒衫的绒毛上，就黏在她的胸旁边。没人搭理她。

她们开始八卦在门厅工作的一个女人。她也曾在展销厅这里上班，她们都不待见她。显然，她很喜欢铬合金，没什么朋友。一个人把一本打开的商品目录滑到桌对面，说："那玩意儿是不是很垃圾？"那是一张铬合金咖啡桌，在我看来与其他商品没有任何区别。

这整个画面糟心又老套。所有的期待与自我都勉强隐藏在不堪一击的友好表象之下。

我的腋下很光滑，我的脸闻起来像个贝果圈。

我犹豫自己是不是要紧跟一句，告诉她们我也觉得那张桌子很烂，但那句话就卡在我的喉咙里。即便我想，我也无法加入她们，但其实我也并不真的想。

我是新来的派遣工，刚在这里工作十天。近来我得到了更好的派遣工作机会。我的中介写给我诸如"我为你感到开心，这份工作有从派遣工转正的可能"之类的话。但是正式岗位至今没有眉目。我想知道我要怎样表现，得做多少改变，才能把自己从崖边推进正式岗位这个望不到底的深渊中。


夜幕笼罩，我冒着雪走回了家。我的连裤袜变得松松垮垮。鞋的一侧有个洞。

我推门走进我一片漆黑的公寓，打开所有的灯，仿佛会有人需要用我不在的房间。仿佛我在期待陪伴。仿佛我仍与人分享我的生活。

我点燃一支烟，打开我的电脑。我点开一段

《法医档案》[1]的视频来安慰自己，这是我最喜欢的谋杀系列纪录片。

屋子里有人！

要是那样就好了。

---

1　一档美国纪实电视节目，揭示法医科学如何应用在暴力犯罪案件、神秘事故和疾病暴发中。

# 第二章

又是崭新的一天。我在通勤列车上，早上八点四十五，天还一片漆黑，车里闷热，我裹着劣质外套，内衣因为抓太多而破了洞，喉头没来由地涌上了一股胆汁，莫名其妙，一如既往，仿佛在参与一项实验；我的脸离一个矮个儿女人的蠢帽子只有咫尺，她帽子顶部的绒球仿佛给我戴了一个小丑的鼻子。

她独自霸占着车上的扶手杆，自己却完全没有意识到这一点。

她的帽子几乎贴在了我脸上。

那是一顶芝加哥熊队宣传乳腺癌防治的绒线帽。无论怎么看都很丑。她身上的其他服饰也极其让人倒胃口：厚厚的紫色连裤袜，及膝的羽绒派克大衣，带有毛绒装饰的靴子看上去就像有一条死狗塞在下面，整个打扮就是一场肆意的"簇拥大会"，一记实实在在的攻击，真实地宣告着这个女人的身份——她披着死亡与暴力的外衣且全然不知。顺从与暴力的完美结合。

我叹了一口气，靠在她身上，以此发出信号，她理应抬起头，说一声"哎呀"，然后移到一边；但她仍旧待在原地，一坨木头似的，小背包上的黄铜牌子贴在我廉价的二手外套上。我想象她的生活那种不动脑筋的轻松。我想象她想着自己喜欢的那档美国广播公司播出的电视剧，里面的成年人假扮成童话里的角色，设法让彼此欲火焚身；我想象她把那称为"有负罪感的欢愉"，好像这样就算激进，或者让她显得有趣。小矮人能通过让彼得·潘想起他的旧爱小美人鱼，来诱使他背叛与白雪公主的感情吗？我不知道，宝贝，他会吗？？我想用我的手把她的脸扭向一面该死的镜子。

我做了一个决定，这在最近很不多见；我把胳膊伸了出去，与我的身体成直角，我抓住扶手杆，用力到指关节都发白了。

我们这样僵持了一小会儿，我的胳膊紧紧地压在她头部的一侧。

我能感觉到，在那顶蠢帽子里面，她的头骨有多小。有人告诉过我，我的头骨特别大。我很少触碰陌生人的脑袋，那种感觉很亲密，让人激动不已，她瘦小的头骨顶着我的胳膊。她还是不肯给我腾个空。我的胳膊压得更狠了。我试着逼近。她笨拙地低下头，躲开我的胳膊，这让她看起来更无辜、更顺从了，就像一个乖巧的小女孩，以不对抗的方式来对抗我。

对面的人看着我，仿佛我是个恶棍，接着他看向地板。现在他也是我的敌人了，他对此怎么看？我想着"破事不断"，下了车。自动扶梯上，没人遵守"左行右立"的规矩，一切都乱了套。

我走进展销厅，她们在放酷玩乐队的歌。我说："早上好！"

卡伦是高级前台接待，严格来说是我的主管。她朝我微微一笑，好像我看不出她是在装似的，说了句"嗨，麦迪"，我回了声"嗨"，但那并不是我的名字。我是米莉，不是麦迪。我想走到她跟前，趴在她桌子上，扭动身体，用我的肋骨一遍又一遍地启动她那亥死的金色订书机，用光她满桌的订书

7

钉，我知道她非常喜欢那台订书机，与此同时我会向她解释米尔德丽德和麦迪逊[1]的区别。我想把我的鼻子压进她的键盘，告诉她我父母都念过研究生，我生在一个得体的家庭，按照正轨被抚养成人。对我身为教授的母亲而言，暗指她以电影《现代美人鱼》里那条美人鱼的名字给我取名为麦迪逊，是一种侮辱；我是以我外曾祖母的名字命名的，她是一名妇女参政论者，你这个不知感恩的婊子。在这样的幻想中，我失去理智，并发自内心地开始哭，但这幻想不够有趣，也缺乏新意。

我再次对卡伦微笑，离开了前台，穿过展销厅，走过重新装好的、没品的生活区，到了我在后勤部的工位。

休息室有甜甜圈，我吃了一个。和平时一样，没人跟我讲话，也没人看我。大部分时间里，我几乎不怎么说话。显然，我承认，从更宽泛的意义上来说，我有自我疏离和夸大事实的倾向，这些女人从一定角度来看基本没什么过失。我完全认识到

---

1　米尔德丽德（Mildred）和麦迪逊（Madison）是米莉（Millie）与麦迪（Maddie）的全称。

"角度"这一概念。甜甜圈噎在我的喉咙里，令人作呕的一小团，就咬了两口。

我认识到太多事情，这让我厌烦。我认识到在一大块廉价的木浆合成板上覆盖着山蚁，同时，冰箱里的一些零食中含有木浆。我知道，在角落里查看手机的那个女人，她假装我不在这儿，正沉浸在某种完全无意义，以至如果事后反思，定会使她自己大为震惊的消遣中。

她从口袋里掏出一小片面包，用两根手指捏着放进嘴里，如外科手术般精准无误。

我曾看到过一个女人在博物馆旁边的 Pret A Manger[1] 里，撕下一小块一小块的面包，一次性全放入嘴巴最里面，几乎将整只手都塞了进去。似乎那举止理应显得很优雅，我很好奇她从哪儿学来的。眼前的场景让我想起了这些。

显然，想这些于我毫无益处。

我走回自己办公桌的时候，一个女人从我旁边横冲直撞进了休息室。我们俩差点撞了个满怀，我说了声："哎呀，抱歉！"

---

1 英国连锁简餐品牌。

我昨天用过的脏咖啡杯就放在一盆死枯竹旁边，那是我上一任留下的。如果我觉得自己还能在这里多待几个星期，我会扔掉那盆植物。或者干脆放开手脚，去搞一个台历。

一个女人手拿一只零食盒大小的特百惠保鲜盒，里面哗啦作响的坚果预示着她的大驾光临；她走到我的隔间，告诉我她喜欢我的衬衣——这纯粹是唬人的，那是一件有点状污渍的 J. Crew 牌丝绸衬衣，太紧了，而且已经穿了五年——她问我需不需要帮助，但我仅有的任务就是接电话和打包垃圾广告信件，所以我说，"不，并不需要"，然后微笑着等她离开。我记得她的名字是琳赛。也可能是蕾切尔。

每个人都花很长时间向我解释简单的事情，就好像她们怕我，就好像我之前从来没见过电话线，就好像我要把一切搞砸，尽管，当然，我之前有过工作。而且是有过很多工作。

上班第一天，卡伦向我演示怎样开电脑，然后和善地看着我，说这可能会有点棘手，所以我或许应该写下来。我点点头。我写的时候，她说："你在这里是前哨，电话沟通是我们业务中重要的一环，所以如果你能试着把上厕所的时间合到午休时间里，那就再好不过了。当然，有紧急情况另当别论。"

是的，当然。

我边喝煮煳了的咖啡，边在网上搜索什么食物可以减压，这时电话响了，打电话的是一个十足的浑蛋。

"这里是莉萨-霍普公司，需要我把您的电话转接给谁？"我问。

"我在外面！"他心不在焉地叫道。

"您说什么？"我问。

"我就站在外面。"他慢慢重复说。我是真没明白他是什么意思，"外面"可以指很多地方，但我很清楚接下来会发生什么。他会对我大喊大叫。

"您是在商品市场<sup>1</sup>外面吗？"我问。

"商品市场是他妈的什么东西？"他问。

"这栋楼在芝加哥，"我说，"您是不是在找纽约办公室？"

---

1　芝加哥一处商业建筑，1930 年建成之际是世界上最大的建筑。

"我没在找它，我就站在它外面。"他说。

我让他给我一个名字，好让我把他的电话转接过去。他骂了句"老天爷"，把电话挂了。

他又打来了，我们重演了一遍刚才的戏码。我再次问他要找谁，我可以把他的电话转接过去，他说："听着，我是汤姆·乔丹，我只是想进去。"他还是没告诉我他到底是在纽约，还是在芝加哥，但我知道他在纽约。我跟他说我在芝加哥，但我很乐意把他的电话转接给纽约办公室，他更激动了一点，问道："这鬼地方有没有人能让我进去？"我说："也许吧，请等一——"他叹了口气，挂断了电话。

等着时间或任何什么汽船将我摇晃着送向我的死亡，我在网上搜了"汤姆·乔丹"，得知他是展销厅里的顶级设计师之一。我在他的个人主页上找到了他的照片，那副样子实在普通。我看着他的毛衣，他粉粉的脸蛋，身后避暑别墅的墙上挂着跟餐馆里一个水平的托姆布雷[1]画作仿品；他那自鸣得意的眼神，咖啡桌上堆着一摞杂志，两腿在脚踝处交叉，活脱脱像是爱德华七世时代的小妞。我想

---

1　指赛·托姆布雷（Cy Twombly，1928—2011），美国著名抽象派艺术大师。

象一场暴力的入室抢劫。他的大喘气，女孩子一样的尖叫声。

我双手交叉放在膝盖上，在脑中重塑他的形象：从网上（巴尼斯[1]）买他的内衣；带一张酷炫发型的照片去美发厅照着剪；他小女友闻到他的口气后难以控制地绷紧下巴；他的狗在他走进家门时冷眼相待；他父亲的遗言（我真希望你没那么浑蛋）；一群高中生嘲笑他的着装；他扔掉自己的新眼镜，还有那件手工缝制的背心，尽管它们前一天看起来还很潮，完全就是约翰尼·德普的范儿。一直以来，人们为了他的钱忍让着他，用生硬的微笑包容他的玩笑和勾搭；没人可以交心，但也没什么需要倾诉的；额外花钱给船上搞点好木材，我问，为了给谁留下好印象呢？他的财产缩水了，突然间所有人对他大喊大叫，一刻也不消停，这他妈到底怎么回事；大便次数比平时还多，干瘪的屁股藏在200美元一条的卡其裤后面；他的溃疡长起来了；猜想接下来这些浑蛋中的哪一个会来找碴儿，然后先逮着个不知名又谄媚的人闹一番，殊不知也许正

---

1  高档百货连锁店，总部位于美国纽约。

是我——我们，一起——用强大的意念或别的什么，让他长出了溃疡，我们合力搞垮他的身体和机能，就像《消瘦》[1]里写的那样。我轻而易举就能想象，他的同事们喝醉了，在他未被邀请的派对上模仿他，在他背后翻白眼，在他自认为深沉的时候戳穿他音调里的做作。这时我的主管出现在我身后，问我一切是否顺利。

她出现的时间让我恐慌，我没能帮助汤姆·乔丹，那个汤姆·乔丹。现在我就要被炒鱿鱼了，好吧，就这样吧。

我松开紧绷的脸颊，告诉她："对，完全没问题，怎么了？"

她问我能否查看一下我收到的垃圾邮件，或者更正式地说——"欢迎礼包"。我起身走到文印室，给她看信件。她一一打开，点评我的工作。她非常苗条，比我小几岁。很容易，我就能想象出她抱怨自己的邻居和对服务员发脾气的样子，在后者拿着水壶打断她时发出的哼哼声，以及低垂圆睁的眼睛。

她一边翻动纸页，一边叹气，尽量让我的工作

---

1　应指美国作家斯蒂芬·金的小说《消瘦》(*Thinner*)。

看上去更重要，这样一来，她监督我工作也就显得更重要。我站在她身后，不知道我的手该往哪里放，想着被嘱咐不要去尿尿的事，脑中汤姆·乔丹的形象也还在。我看着她摇头说不行啊，哎呀，这个不太对，仿佛它们真的有什么要紧的。她对我说着话，但我耳朵里嗡嗡作响，什么都没听清。她貌似在教我怎么用回形针。她将回形针捏在手里，把正确和错误的使用方法都演示了一遍。

真他妈荒唐，小的一头放上面，大的一头在下面，我猜我用错了。我说："哎呀，受教了，很有道理。""这是风格的问题。"她解释说。"我完全明白。"我低声道，声音里透着放松和宽慰，边说边点头，压制着就在嘴边的不爽尖叫；想象她需要拉屎，一直都在想，但又不能拉。

她问我："你觉得你在这儿没问题？"

我说："当然，必须的，没事。"

"还有什么问题吗？"

"没，我现在没想到。"

我猜我们俩都不知道该怎么结束这场重大的面谈，所以我们在文印室里又站了——正如人们所形容的——被拉得很漫长的几秒，直到她先打破僵局，说了声"好"，然后我们都走回了办公桌。

我整理好我的包裹，盯着墙发呆，在五点差十分的时候回了家。


晚饭我在家做抱子甘蓝。甘蓝浸在橄榄油和好像有点过量了的醋里，但是那个咝咝声，锅中噼里啪啦的响声，听起来很不错。纯正的家常菜。像往常一样，我在电脑上看电视节目，以此为伴；我想着自己其实很讨厌看电视。我不觉得自己是个爱看电视的人。我想象有一天我会边听音乐边做晚饭，每每想到这个场景就觉得健康而安稳，但现在我仍然需要看电视。我知道《法医档案》是司法部做的宣传，和所有罪案节目一样，给大众灌输一种奇怪的对权威的遵从，以及幼稚的对他者的恐惧。通常情况下，电视节目会扰乱你对时间的感知，影响你的欲望，让你对生活产生不切实际的期待，但没有电视的话，我依然无法熬过这漫漫长夜。我看电视节目不会有什么问题，因为我知道实际上发生了什么。而我又更进一步，认识到这个想法是错的。然而认识并不是改变的第一步。至少在我的经验里不是。

# 第三章

卡伦心想，嗯没错，这个新来的姑娘会讲话，她有一条短裙，知道怎么用电脑，但还是有什么地方不太对劲，某种让人反感的地方。

卡伦已经告诉过米莉不要待到五点半（原本就是这么计划的），这样她就可以在关闭展销厅前查看米莉在网上的浏览记录。浏览记录惊人地平常。居家收纳技巧，展销厅的几位设计师，食谱，廉价衣服，新闻报道，一个计算器。

派遣工中介已经说过，米莉是他们最好的员工之一，但中介似乎没有真的明白，莉萨-霍普要维持某种形象，这是一个需要社交能力和创造力的职位。申请者需要具备的能力远不止这些。两个月后，这份工作有转正的机会，但卡伦知道自己不会让米莉留下来。

每天早上，米莉走到卡伦桌旁，只是为了用呆板怪异的语调打声招呼，卡伦想说点什么，告诉她完全没必要这么做，但她当然不能这样说，那样会显得很粗鲁。所以卡伦只是稍微睁大眼睛，仿佛难以置信般地点点头，回一声问候，然后开始思考有什么法子能经济、快速又有效地将米莉换掉。

针对介绍派遣工的服务，这家机构要收取一半的预付款作为中介费；在雇用的头七天内，如果雇员很快表现出与职位不匹配，费用就可以退回，但是米莉已经入职十二天了，卡伦直到两天前才注意到自己错过了最后期限，已经晚了三天，钱拿不回来了（也不能用这笔钱让机构换一个人，本来卡伦会更倾向这样做——能够这么做也让这项服务显得没什么风险，但现在的情况又混乱又让人恼火，因为实话讲，如果这个中介把米莉称作是他们最好的员工之一，卡伦严重怀疑该机构的判断）。

卡伦早已安排了要和 CEO 莉萨会面，对方马上就要到城里了，她想在莉萨面前好好表现。卡伦原本的计划是把艾格尼丝换掉，借此给莉萨留下个好印象。艾格尼丝是这里一名设计师的侄女，也是米莉的上一任职员。回想起来，艾格尼丝很适合这个职位，但是话太多，太自信，而且有点太年轻。她突然交了一封令人极其厌恶的辞职信，信里说她意识到要追逐自己的梦想，去纽约做一名服装设计师，并且已经拿到了去普瑞特艺术学院攻读艺术硕士的机会。她希望将来能再有机会与莉萨－霍普合作——礼貌得有点过了，这是在暗示，等他们再见到她时，她会比现在更强大、更优秀，也比他们现在的所有人更强大、更优秀。

卡伦决定通过派遣工中介安排接替工作的人，大家都对此赞叹不已，她很开心自己表现得很镇定。很容易就能想象，她会在几年之内成为行政助理，到四十岁时，就能在公司内部（或者跳槽去其他类似的公司）升任更高的职位。

她有卡拉马祖学院的工商管理学位，以实习生的身份在莉萨－霍普干起，一步一步晋升，在工作中攒下了许多业务。她甚至用学到的原理装修了自己的公寓，并且考虑再做几次调整后，就把房屋照片提交到"公寓疗法"[1]的网站上。如果有同事偶然在网上看到照片并且谈及，那就太好了，她可

---

1 "公寓疗法"（Apartment Therapy）是美国知名家居设计平台。

以假装没什么大不了，但她也在想着要不直接去找莉萨，把网站链接发给她。不过她得想出一个适当的办法，不要让自己看起来像是在拐弯抹角地争取设计师的职位，因为比起跟客户打交道，她对经营展销厅更感兴趣。莉萨的总部设在纽约，这进一步意味着，莉萨在芝加哥需要强有力的支持。

卡伦可以去找霍莉表达自己对米莉的顾虑。霍莉是芝加哥部门目前的行政助理。她希望自己能恰当地措辞，并提出一些解决办法。

卡伦打算从艺术学院或哥伦比亚大学找个实习生，这样可以省一笔中介费，但是需要学校过来实地考察，还要交额外的文件资料，这点莉萨和霍莉可能不会同意。招实习生还有一个问题，就是卡伦不能要求他们每周工作四十小时，而这正是电话业务需要的工时，或许他们可以在寒假期间找个人过来实习，以此来争取些时间，把他们花在派遣工身上的钱补回来。

卡伦已经预先支付 1 500 美元找了米莉，他们每小时还要额外付给中介 20 美元，这对于雇一个坐在那里无所事事，只是接电话的职员来说，似乎太贵了。

如果他们把前台助理的工资降到，比方说，15美元一小时，那么不到一个月的时间就能把预付的费用填上。卡伦知道艺术学校的寒假更长，所以这个方案相当完美。如果能找人实习三个星期，在此期间，他们就能以每小时15美元的工资标准找到一个合适的人接替。

　　真正的问题在于，她不能耗太久再把这个想法告诉莉萨，但她也不想写邮件沟通；或许她应该通过霍莉尽早把事情落实，这样的话，就可以避免要按照合同把米莉加入正式职工名单了。

　　最好的情况是，如果米莉旷工，那她就违反了合同。

　　还有一个办法，就是说这个职位多余了，莉萨可以通过把来电转到卡伦的办公桌上省去一些开支。但那样会贬损卡伦的职位，给她推进其他特殊项目增加难度。

　　霍莉进来了，说了句"嘿"，卡伦站起身，回了声"你好"。

　　五分钟后，米莉一阵风似的飘进来，迟到了十分钟。她朝卡伦怪异地一笑，挥了挥手。米莉说"你好"的时候，听着像是有口痰卡在了她的喉咙里，后半部分的问候没有声音，只听到"你——"，"好"
只做出了口型。卡伦笑了笑，点点头，然后低头看
自己的笔记本。开始全面运转。

# 第四章

每天早晨醒来时，我都有一种梦魇般的熟悉感。光线的质地，某种灰暗，我身体僵硬的感觉，房间里的气味，混合着脏衣服、烹饪油、垃圾和熏香的气味。这让我记起自己是多么怕死，每一个早晨都只是又一个将耗尽的日子。

我在床上赖了二十分钟，感受着这一切，然后起来给自己煮了咖啡，穿上衣服，没有洗澡。很快，我又在通勤列车上了，这种感受慢慢淡去。取而代之的是一种敌意。

我走过卡伦的办公桌，微笑着挥手问好，无法分辨这次的问候和过去几个星期的有什么区别。

我生活中有许多事在重复。没什么真正的固定日程或叙述，只是许许多多的重复。在我意识到这点之前，我正坐在休息室里喝咖啡（并不好喝），又一次盯着手机，刷着页面，等着能让自己起身回到办公桌前的动力。

我想我之所以喜欢做派遣工，是因为能体会到氛围的变化。新的办公室和同事会给人一种生活很丰富的美妙错觉。人们把猫粮从鸡肉味、肝脏味换成海鲈鱼味也是同样的道理，尽管到头来，这通通只是不同味道的屎而已。

有两位设计师正在谈话，我想应该是些说了无数遍的老话题。个子高点的那个正谈到不健康的友谊，友情的破裂，什么时候该淡出，什么时候该划清界限。个子矮点的那个点着头，不时唱诗般地回一个"对啊"。

她们抱怨自己没什么时间，太忙了，为一堆破事瞎忙。"我不明白，她现在遇到一些大麻烦，她觉得她妈不尊重她的选择和个人空间，一直干涉她。我是很同情她，可我真的听烦了，但我又不能直接这么跟她讲，那也太刻薄了，我不想显得像个浑蛋。"

一句"完全明白"之后，又是一声"对啊"。

"我目前的生活状态是，我想待在能处理好自己的事情，同时能帮助我成长的人周围。我已经到极限了，老实说，如果你连自己的母亲都搞不定，那你也不太可能给我带来什么。"

那个像在唱诗一样的女生大笑着说："可不是么？"

我注意到这个女人的高超表演。她说什么样的话，就能变成什么样的人。当她抱怨听她朋友埋怨自己母亲多无聊，当她详细描述并熟练地再现那些乏味对话（她和她朋友的对话，以及她朋友和自己母亲的对话）时，她可以说是变成了那两个人，变成了那些她所说的想要从自己的生活和脑中移除掉的令人厌烦的人，殊不知他们已完全控制了她。她自己全然没有察觉，当她一遍又一遍地说"我不喜欢这样"的时候，反而让自己跟那些人更相似了，甚至在本质上变成了她那个朋友，让我们所有人都饱受她所痛恨之事的折磨。

我想这种情况一定非常普遍，我觉得这个女人一定是个白痴，我觉得我应该起身回我的办公桌，但我还是待在原地，想着这个女人的朋友的母亲。尽管从这个女人的用词能看出来，她确实费了功夫上网检索过关于人际关系的话题（最好的朋友、界限、不健康的友谊，等等），但她似乎搞不懂自己在想什么，以及她的想法和行为是如何影响着她的经历，甚至人际关系。

我的肚子闷响起来。我认为她可能自己也意识到了，但就是无法控制自己。总有些事我们知道不该做但还是会做。她或许觉得发泄会让她释然、搞明白状况，她需要借此靠近某种无聊的理想。

我一定在狠狠地瞪着眼睛，因为我用余光看到卡伦在看我。她正拿着勺子拌酸奶，我瞥过去，她也没有把目光移开。我吓了一大跳，起身太急，撞翻了塑料椅子，我大喊一声："噢，我的天！"

一半的女人都没有理会我，但一些人笑了笑，有一个人说："呃，让这些椅子见鬼去吧。"随后她们都开始讨论椅子，说自己有多讨厌它们。我把椅子扶起来，笑着道歉，带着迷人的羞涩。我再次道歉，没人回应，只有卡伦冷冷地说了句"没关系"。

我把耳机放进衣橱中的大衣口袋里，我能感觉到口袋里有一层面包屑，这并不是要把自己描述得多可怜。在某些情况下这样的确更好。回想起来，口袋里的面包屑曾是一份我关于自己特立独行的宣言。是的，我做过的所有决定都行得通。我是多么自在、与世隔绝、无拘无束啊。

我打开电子邮箱，看到我有三条未读信息，脑中经历了和往常一样的情绪轰炸，快速闪过诸如"你要去坐牢了"、"你要死了"或者"所有人都讨厌你"之类的话。

我的裙带勒进了我空空荡荡的肚子。我听着两个设计师谈论计步器，我的手心湿了。

那些夸张的桥段演完过后，她们谈论的内容几乎让人失望。抛开别的不说，我现在有资格在容器商店[1]享受一点折扣了。

电话铃响了，我跳起来。我试图转接电话，然后等这个人再打回来告诉我那样没有用。

要感觉良好，应该更容易才对。

我打开浏览器的隐身窗口，做了些调查，发现让绝大多数人开心的事情，是和朋友、家人保持联系。

我曾有过一个男朋友，叫詹姆斯，他的出现像一个套装，附带了一群友好、体面又闹哄哄的朋友，我非常讨厌那些人。那些日子里，总有某种源

---

1　容器商店（Container Store）是美国知名的专卖容器的家居用品零售商。

源不断又无法消除的敌意在我内心流淌（噢，真是此一时彼一时）。我承认有时我对他的朋友们很粗鲁，有时我在家里和公共场合都有点太过分（他的原话）。或许是有点自我中心。那时，一种"能得到更多"的感觉——噢，一定会有更多——使我心烦意乱，仿佛我在等什么，仿佛我的处境和我的人际关系都因为它们无法持续而不重要。

我给我的好友萨拉发短信，问她想不想一起喝一杯。

我听到一位设计师在给客户打电话，试图安排一些事情。我听到许多爽朗的笑声和大声说出的友善之辞。她让自己显得既随和（"哎呀，那完全取决于你啦，琳达"）又迫切（"我们不要在埃默里的订单上等太久，物流要花好长时间"）。我能预料到她挂断电话后夸张的叹气声，或许会带上一句"我的老天爷啊"。

# 第五章

我和萨拉是在一场家庭派对上认识的。那时我和詹姆斯分手了两个月，在艺术学院负责检查拼写的光荣职业经"双方协商"后结束了三个月。她太能讲了，几乎是一刻不停地在讲，毫无必要地重复自己。有时候我会尝试插个话，但根本没用。她觉得我没有听到她说的话，或者她知道我听到了，但认为我的反应不够强烈，就会再说一遍，重复同样的句子，但说得更快、嗓门更大。我有时候也会这样，在我喝醉后或者感到无聊的时候，我猜她在我身边时常常也会觉得无聊。

我认为自己很擅长判断一个人的性格。有时候需要见两次面才行，因为我的情绪会变，或者别人的情绪会变，但我知道萨拉是什么样的人，尽管她从我们第一次见面起就试图引导我。她告诉我，显然她不喜欢冲突和把事情弄得很戏剧化，如果你在乎那种破事，那就是一种"警告"。而通常情况下，我确实不在乎。我知道，如果我默许她引导整场对话，她会迷上我的陪伴，会常发短信或打电话来拍我马屁，那样也会让我感到心安，成为小团体里的一员。我觉得这对我们来说都很完美。我们认识的时候，我一心在寻找的就是任何能填满我夜晚和周末时间的人。

这些天来，我觉得我们的互动极其无趣。在我走去酒吧见她的路上，这些思绪萦绕在我脑中，过去的、将来的，所有我做过的决定，所有别人为我做的决定。我发现我很难唤起社交热情。

为了不让自己胡思乱想，我在心里高声说了三遍——噢，随便吧，摇了摇头，抖了抖肩膀。

我到了酒吧，萨拉已经在那里了。

我说："嗨，最近好吗？"

她没有起身拥抱我或做什么，只是放下手机，说了句"嗨"。

她用手抓了抓头发，叹了口气，显得非常自以为是。她扮演着一个角色——努力的员工，却被环境击溃，是这个艰难世道里被误解的温柔灵魂。我知道我马上就要听到某种冗长啰唆的故事，抱怨做一份真正的全职工作有多难。

我们点了特调饮品。是一种"神秘啤酒"配了一口"神秘威士忌"。酒吧招待叫我们小姑娘。吧台后面有块牌子，上面写着"你的老婆能疯到什么程度？**再来杯啤酒**"。

我们坐回我们的桌子旁，我说"干杯"，然后问："你今天过得怎么样？"

萨拉说："太他妈荒唐了。"

她老板想让她发出一份通讯稿，稿件内容无意间性别化了他们课后辅导班里的一名青少年。萨拉有理有据地劝说老板修改，可老板不听，一切都完了，这事传得遍地开花，变成了一个全公司的阴谋，而萨拉就是最主要的受害者。这故事太无聊了，非常长，细节我记不清了。

"哇哦。"我感叹道。

"我的意思是，无所谓啦，"萨拉说，"你想再来一杯啤酒吗？"

"好啊，当然。"我回答。

"下一轮你可以买单。"她说。我点点头。

她拿着啤酒回来了，我追问刚才说到的事情，以此来惩罚自己："你最后说服你老板改通讯稿了吗？"

"没有。"她回答。

"好烦啊。"我说。

"是啊，不过还好，我没有署名。这算她一个人做的，虽然她完全不知情。"

我觉得自己最后还是给她提了令人泄气的建议。这是我的专长。

"你能去找人事谈谈吗？你们办公室里好像发生了很多不合理的事情。"

她脸上抽了一下，那是她比较容易理解的表情之一。跟以往一样，我提的建议冒犯了她。

"是的，但我真的不知道那样做有什么好处。"她说。

"或许将这件事情记录在案，能让你觉得你对形势有更好的把控。如果去找人事的人够多……"

这次是嘴唇开始抽动。像被鱼钩钩住了一样满是嫌恶。她的目光定格在我头顶上方的某个点。"不好说，不过我会解决的。就是觉得压力好大。"

我把谈话扯到我的工作上，发生的事没那么戏剧，但可能更丧。我告诉她我觉得自己的人生毫无意义，空虚无比。

"噢，好吧。"她说。

"我负责接电话，但是电话基本上就没响过。我还必须拿回形针用特定的方式把文件夹好。公司里的人，哦我的天……"我讲了自己无意间听到的那段对话，那个女孩抱怨她的朋友总埋怨自己的母亲，我努力想说清楚在我看来有趣的地方。我还跟萨拉讲了上厕所的时间问题。

"啊，你跟我讲过啦。"她说，好像自己从来没重复过自己一样。好像我才是那个乏味的人。或许如果我做更多手势，朝她微笑，她就会觉得那样有趣。

"噢，我的错。这份工作真的超无聊。我感觉它和我完全没关系，很没有安全感。"

"话是没错，但不会永远这样。"她说。我尴尬地咧嘴一笑，知道她的话有点假，知道就算这份工作没有这些问题，下一份工作也不会好到哪儿去。

萨拉问我现在有没有很积极主动，她说自己之前三次做派遣工时都很主动，每次都得到了转正的机会。

她提建议的时候，我一直在点头。我说："你说得对，我可以更主动些。我只是不想招人烦。"

"主动要求承担更多工作不会招人烦。如果他们以为你很懒，或者能力不够，就更糟了。"

"是啊，我觉得你说得对。"我说。

我们喝完了啤酒，去正门外面抽了支烟，然后我又点了一轮特调酒。

她又讲了很多关于自己工作的事，我点头，喝完了我的酒，喝酒真的有好处。我问她是否考虑辞职，希望这个问题能让我们结束这场对话。她说她不敢辞职。我挑了挑眉，点点头。

我问她有没有看过一部我刚看过的电影，接着向她描述了那部电影的内容。她说没，然后问我有没有看过一档她喜欢的电视节目。我说没，她跟我讲了其中的一期。我说我提到的那部电影非常烧脑，节奏又快，她可能会喜欢。我说这些是想讨好她。

"噢，好的，听起来不错，不过我没看过。"她看起来有点烦躁，于是我也感到恼火，又点了一轮酒。

我不太记得夜幕是如何降临的，但我记得自己努力想把钥匙挂在门旁的挂钩上，我脱靴子的时候绊倒了。我之前读到过，每晚做一些有仪式感的事会有助于理清头绪。我很难过我没有精力在泡茶和读书之前先刷个牙、涂上晚霜，或许在头皮上抹点薰衣草精油能帮助我做个好梦。我在厨房里喝了点水，自我惩罚般地回忆起詹姆斯。

九点三十分，上了床。

# 第六章

克莉丝汀仰卧在沙发上，眼睛盯着天花板，漫不经心地回想着自己的一天。她和琳赛搭档做了一个长期项目。情况不错。情况会好的。琳赛有注意力不集中的毛病，而且总喜欢抢话头，把话题引到她自己的生活上，而她的生活貌似一直很不如意。今天是琳赛和她朋友之间有点问题：琳赛朋友的母亲不尊重她朋友的自主性，然而她朋友过于频繁地倾诉发泄，琳赛对此非常恼火。每当克莉丝汀试图将话题转回到工作上，琳赛就会翻个白眼，说："好吧，好吧，好吧。"然后噘一小时嘴。"我感觉自己像是个人质谈判专家！"克莉丝汀想象自己有一天会说出这样的话。

克莉丝汀才发现，她可以让吊扇往反方向转，而如果她这样调整，吊扇就会有不同的作用。顺时针转，它可以降低室内温度；逆时针转，有利于通风，保持室内空气清新。这是扇叶角度的问题。

克莉丝汀想要清空自己的大脑。她看着扇叶使头顶的灯忽明忽暗。她想用她的双眼追踪其中一片扇叶。视线越过扇叶，定格在天花板石膏的裂缝上。头脑清空之后，她感到胸口一阵酸楚。没来由的，但很强烈。那并不是一种悲伤的感觉，悲伤更多在胃里——而这种感受位于胸腔底部，刺痛而酸涩。它的内部构造与某种更大的东西联系在一起，但因为克莉丝汀正在清理自己的思绪，只让自己的身体说话，她并没有试图通过语言或盘点可能的内在缘由来定义这种感觉。

自从克莉丝汀开始在每天早上冥想二十分钟，她就有了这些感觉。有时它们发生在她的面部或手部，感觉像是静止的，而如果是在胸口或是上腹部，她会觉得苦甜参半，酸涩刺痛。她不知道这些感觉是来自她的体内——一些一直存在却未能化解的忧郁——还是从周围环境汲取而来的，仿佛冥想开启了她大脑中的五级共情感受器。当她度过她的一天，手扶楼梯栏杆一路走上月台，工作时手指拂过传真机面板，从咖啡师手中接过咖啡，在人行道上挤过人群，她注意到某种人们所共有的、温柔的孤独。这些感觉并不是不好。它们有时甚至有点奢侈。这是一种新的感觉。她本以为冥想会让她保持清醒和冷静，有助于她专心解决工作上的问题，但是后来，当她穿着工作服躺在沙发上回想，她意识到自己从一开始就是个相当平和的人——不喜欢冲突，视角灵活，勇于为自己的过失承担责任，面对难相处的人也能做到开明且富有同情心——因此，或许对她这样的人而言，冥想的作用是让头脑更加开阔，把其他感觉也接收进来，让她对人性有其他人都没有的更宽广的认识。

尽管她喜欢这些感觉，她更愿意将它们作为秘密，因为她认为自己总体上是个务实的人。她向朋友们提过自己的冥想练习，但是对这些副作用避而不谈，只是告诉他们冥想有助于缓解她的头痛、促进饮食，这些当然也是事实。

# 第七章

我醒来感到病恹恹的。我觉得自己陷入了一个循环。我盯着地上的一大堆衣服。我吃了些干燕麦。我洗了洗胳肢窝。我去上班。我在车上想事情。我坐电梯。我走向卡伦的桌子。我要么觉得镇定，要么觉得空虚，很难讲。我问："今天有什么额外的任务吗？电话一直没什么动静，包裹我也已经整理完了。"

卡伦似乎措手不及。"啊，你可以整理更多包裹。我们真的需要你守在电话旁边。如果你觉得无聊，我会想一些事让你做，但我这会儿要忙手头的工作。"她指了指一本薄薄的笔记本。

"噢，好的，很好！"我的声音很无力，"我不是无聊，我只是想帮上忙。"

走过展销厅时，我认识到了押在我身上的注。

我每小时挣 12 美元，这是我一年多以来收入最好的工作。如果我赚 12 美元，那他们至少要给中介 15 美元，最多 20 美元，取中间值的话我们算它 18，乘以 35 就是每周 630 美元，再乘以两周就是 1 260 美元，也就是说他们每月要付超过 2 500 美元来雇用我：一个白痴，坐在椅子上，每周 4 小时的工作量，每月 16 个小时，这样算来，雇用我的实际费用是大约每小时 150 美元。

我看到金属餐具柜上放了一个棕色的大花瓶，形状像罐子，很原始，意在唤起某种部落风，里面放满了干茎。如果我能以每小时 150 美元的工资随意压缩和延长时间，我可以买下那个"罐子"嘲笑一番。有每小时 150 美元的收入，我甚至可以穿得性感些，去结交新朋友。

今天休息室里没有甜甜圈，只有不新鲜的面包，我津津有味地吃了下去。

我向其中一位设计师道早安。她一定以为我在跟其他人讲话。无所谓了。

我把右臼齿后的一些面包剔出来，意识到自己可能还有些醉意。我走回我的办公桌。

我打开电脑，电话响了，又是一个怒气冲冲的人：项目明明还在进行中，这些人却觉得已经有了重大进展。我把她的电话转到纺织部。她打了回来，告诉我纺织部一个人都没有。她似乎非常生气，问我能不能把她连线给一个活人。我道了歉，强忍住憋在胸口的尖叫，说我会试试转接给另一个人。她再次打回来，一听是我的声音，叹了口气，嘀咕了几句，然后挂了电话。

我想知道，如果我换一种方式处理事情会怎样。如果那个女人打回来时我说，"该死的，你他妈是在开玩笑吗？抱歉啊，纺织部应该一直有人才对。这种事情一直发生，我很抱歉。我们这儿是想认真做生意的，但如果这些女人到处乱跑，弄得好像这是她们的地盘一样，生意也就没法做了。请稍等，我会找人来接你的电话。这情况确实让人难以接受"，会怎么样？

这么说她会开心吗？这会让她更确信自己的生活准则吗？如果我这么做了，我会有勇气使用扩声系统外放出来吗？也许你可以通过尝试新的人格来改变你的感受。我思考着这个问题。

办公室里的设计师们到处乱转，并不像我这般被困在桌前。我看着他们，不知道应该先接近谁。

今天，我会找些活儿去做。我会积极主动。

恐惧让我瘫在椅子上。

我打开我的邮箱，看看有没有会改变我人生的邮件。"女性庇护所"又给我发了一份通讯。

去年，我在那里做过两周志愿者，参与一个不靠谱的情绪重塑项目。那份工作又难又可怕，还很无聊。我当时一定知道自己非常讨厌那份工作，因为有一天我睡过了头，醒来的时候已经到中午了，"庇护所"给我打了五通电话我都没接，也没有回电，然后他们天天给我发邮件，很急，大概持续了一周，但我都没看，也没回。我试图忘掉我做过那份工作，从不和别人提起，除了有一次和萨拉在酒吧，由于想给一个陌生人留下世故老练的印象，我说："其实，我在一个'女性庇护所'做过志愿者，所以……"

我没脸打开"庇护所"发来的通讯，所以也没法取消订阅。他们每个月发两次。怪异地提醒着我的失败。

另一封邮件来自卡尔玛信用征信公司，告知我的信用分数有了一些变化，天呐，谁在乎这个，多么平庸无聊的琐事。

我站起来，想象自己的身体是一件临时、脆弱的东西，双手紧握放在我的裆部。我假装从我桌子后面往工位隔板墙周围"窥探"。我敲了敲墙的一角，说："嗨，我是新来的临时接待员。电话一直没什么动静，我有空余的时间，有什么杂活让我帮忙吗？"

这个女人之前从未引起过我的注意。她是个正儿八经的成年人，四十多了，红棕色的头发闪闪发亮，一根白头发都没有，脖子上围着厚重的饰品。

她回答："哎呀，不用啦，亲爱的，我们这儿没什么。"

我是个三十岁的女人，闻起来像块洋葱比萨。我说："好的，需要帮忙尽管说！"

我回到办公桌旁坐下，慢慢把用来付房租和买食物的钱收到一起，靠这些钱我就可以继续住在我的公寓，继续吃那些东西，继续来到这个房间，坐在这张桌前慢慢把钱收到一起。

更多时间过去了，我看了一个带字幕的视频，它讲了一个叫索尼娅的人工智能机器人，它想在医院和客服部门帮忙，希望某一天能有一栋房子，组建一个家庭。我想着，可不是嘛，索尼娅。

电话响了，我把电话转接出去。我坐下来。做出要打包几个包裹的姿势。卡伦来到我桌旁，我担心最坏的情况发生。我坐在转椅上转向她，胳肢窝里全是汗，我能感觉到我的嘴唇和脸有多干燥，我看上去一定很蠢，我这天只吃了不新鲜的面包和干麦片，实在太饿了。我觉得她要解雇我。与其说我做好了心理准备，不如说我感到一阵恐慌，肾上腺素涌上来，耳边一个响亮而低沉的声音在喊：是啊，也去你妈的。

"是这样的，我有额外的活儿给你做。"她说。

"啊，太好啦！"我说，说的时候真的相信这很好。期望如此彻底地幻灭，使有更多文书工作做的宽慰感格外真实而强烈。

卡伦没有笑，也没什么反应，或许还小小后退了些，仿佛她认为我是个无论叫我做什么都会欣然接受的废物。

"跟我来吧。"她说。

我站起来跟在她身后，紧张地盯着我马上要丢下的电话。如果电话在她面前响了，我会猛扑过去，这样或许能给她留下我灵活机敏又恪尽职守的印象，而且有能力承担多项任务。

在文印室，她弯下腰，找出一台小型碎纸机，然后用脚推到我面前。她看着我，好像我知道这是什么意思一样，仿佛她刚给我看了勋爵的夜壶，我应该理解接下来该怎么做。

我把这东西推回我的桌子旁，像一辆小型购物车似的。我双手扶着两侧，等着卡伦。她回来时拿了一摞数量少得可笑的文件。我试着不过度解读。

"我逛了一圈，从办公室里的每个人那里都拿了些文件。你知道怎么用碎纸机吗？"她问。

"啊，当然，我干过很多碎纸的活儿。做上一份工作的时候，我把整个档案室的文件都碎掉了，"我回答说，拼命试图给她留下好印象，"很快就能搞定。"

"好吧，不要有压力，不一定非得在今天下班前做完。接电话最要紧，有问题就过来问我。"

"当然，谢谢，"我说，"如果有任何我可以在电脑上做的事情，如果你需要完成任何文件归档，或者别人有需要帮忙的地方，都请告诉我。我很乐意多干点活儿。"

她没回答，几乎连头都没点，又跟我说了一遍有任何问题就去找她。

我插上碎纸机的电源，把一摞纸放进去，大概有十二张。我暂停了一下，把几张纸一张一张地塞了进去。

我又接了几通电话。我给萨拉发信息，告诉她，她的建议有用，我已经得到了一项额外的任务。我一时兴起，在信息里加了闪电、彩虹和我能找到的看上去最可怜的表情。一脸担忧的那种。这让我感觉不适，觉得自己很老。萨拉回了句"不错"，顺便发来闪电和一只小鸡的表情。我们又互发了一会儿信息。

我又往碎纸机里放了一张纸，看着它在消失前转来转去。

大多数文件都是支票、发票和信用卡号码的副本。没有一样让我感兴趣。在看到其中一份文件上写着该死的时候，我停了下来。那是一封打印出来的邮件，上面满是"我觉得"的句式、感叹号，以及激烈的意见。出于某种原因，我觉得粉碎了它会让我不太舒服。那里面有某种珍贵的东西。于是我趁人不注意的时候（也从没有人注意过），把那份文件夹进了我的笔记本。

几个小时过去了。

我把大部分碎纸的任务留到了明天，尽管我在十五分钟内就能轻松搞定。

　　一天结束的时候，我把笔记本放进包里，关上电脑，下班了。

　　卡伦希望在找米莉的接替者期间，给她安排额外的任务能让她不再烦自己。她只是在里屋的一个文件夹里随便挑了些文件，上面标记着"待粉碎"。

# 第八章

我这幢楼太安静了，有好几次，我都以为只有我一户住在这里，尽管楼里大约有十六个单元。我把外衣放在椅子上，听到上楼的脚步声，整个人僵住了。

脚步声停了。我听到门打开然后又关上。我脱掉靴子。

我点开《法医档案》，制作团队似乎换了撰稿人。我点燃一根烟，还没有吃饭的心情。旁白一直说"直入正题"。侦探们直入正题，问安杰洛在莉迪亚被谋杀的那天是否见过她。当安德鲁斯医生被叫去测谎时，侦探们直入正题，问他是不是在印第安纳州的平原小镇杀了那个小女孩。我在公寓里走来走去，打开几盏灯。我喜欢暗一点的光线，介于四十瓦到六十瓦之间的灯泡，淡黄色的灯罩。

舒服。

我哭了一会儿，我是装的。呜呜呜呜啊啊啊啊啊啊啊。可怜的我，可怜的我，谁在乎呢。这正是我想要的。坐在这里，没人对我评头论足。我胖，身上有味道，没人待见我，我的衣服难看，我将一事无成，我身边的每个人都是白痴，以自我为中心，对别人说长道短，愚昧，笨到对自己造成的伤害一无所知，蠢到不知道自己内心并不快乐，不像我，我很清楚。哈哈哈。

我所有的判断都是正确的，独处使人清醒。我又犯病了，我又哭了，但还是装的，一半的我仍然无动于衷。

我打开我的包，拿出我从办公室偷出来的那封邮件。笔记本里还夹着一张作废的支票，一个意外——哎呀！我把支票放在冰箱上。我盯着巧克力猫形象的冰箱贴，它脸上没有嘴巴，眼睛睁得大大的，像一尊美索不达米亚的神像盘旋在支票号码上方。这是我一个月以来最长的眼神交流。

我找到一些陈干酪，一小截不新鲜的法棍，坐在桌前边看节目边吃这顿（晚餐）。受害者的母亲说了诸如"我猜这就是莉迪亚的生活目标——让这个男人不再流落街头"之类的话。这句话出现在莉迪亚的家庭录像带里，那时她八岁，在车道上骑着粉红色的自行车。

我通常对这些节目没什么感觉，现在也没什么特别的感觉，但这句话让我陷入沉思。

我不知道有意识地寻找目标是不是对生活的一种误解，相应地，我不知道这位母亲是否认为自己的目标——她生活的全部——就是生一个女儿，将来会有一个儿童强奸犯把毛衣上的纤维留在女儿的指甲里。我自私又敷衍地想了想自己的生活目标，接着思绪又转向了莉迪亚，那个女孩，如果她没有遭到袭击，没有被杀害，会是什么样？她会不会坐在自己的公寓里，漫不经心地思考自己的生活目标，直到她遇见一个人，然后有了孩子，那孩子也会独自坐在他们的公寓里，漫无目的地思考他们的生活目标？那位母亲急需找到积极的一面，这让我厌烦。

有时候，我会假装我因为心爱的人被谋杀而心存报复。我把这个戏码从头演到尾，努力让自己哭出来。我试着想象赞成死刑会怎样，但我做不到。我对惩戒漠不关心。

我听到我楼下的前门开了，楼梯上再次出现上楼的脚步声。我静音了电脑，去找熏香，倒空了烟灰缸，然后打开窗户，以防是我的房东来和我讨论他对我的某些意见。

我想要冲个澡，把自己收拾干净，但我没这么做。

我脱下自己恶心的衣服，钻进被窝，把笔记本电脑也一起带上了床，想要赶紧入睡，因为我实在没什么好事可以想的。我又想到了詹姆斯，这让我有点恼火，不知怎的，我觉得这是萨拉的错。詹姆斯曾说，我擅长翻脸，不分青红皂白地生气，或许我现在就是这种状态。又或许他就是喜欢我生气的一面，所以才说我擅长这样。谁知道呢！

他走了我很开心。他有种本事让我觉得自己很刻薄。我们约会了四年，同居三年，开心了两年。有时候，我仍然能感觉到他在另一个房间里，躲着我，对我评头论足。有时候我仍然有股冲动想要甩开被子，冲到客厅，抓住他的胳膊肘，用一种我自己都觉得吓人的声音大吼："我知道你又在外头给我扣帽子，你这个浑蛋。"

我现在很生气。我下了床，到厨房里抽烟，我注意到自己的手在发抖。通常情况下，想起自己以前的行为让我感到尴尬。我灭了烟，刷了牙，回到床上，继续看我的节目。

我心不在焉地看着。节目里，又一个人为摆脱困境想出了馊点子。又一次企图通过暴力的捷径抵达理想生活。我在这样的故事中进进出出，直到睡着。

又要上班了。又一个他妈的白日噩梦。

卡伦从我桌旁走过，低头瞥了一眼那摞还没粉碎的文件。我以为这是她想要的。但当然不是，像平常一样，这又是某种我没通过的测试。她跟我讲不用着急。她想要认为我不够称职，所以我不正是给了她她想要的吗？在某种程度上说，我不是很大度吗？

我周围的女人在打电话，彼此轻声交谈。那个年长的女人从我桌旁走过，跟我打招呼，我笑着回应。我的脊背弯了，五脏六腑都碎了。

我在工位上笑了几声。就是那种会让你的眼睛流泪、下巴起褶，让你觉得可能会吐出来的笑。

快到中午了。我看了看碎纸机。我找到了那根电源线，握了一会儿，又盯着电源线看，感到时间在我身上流逝。

我插上电源，启动碎纸机。我知道如果我能完成任务，我会感觉好很多。

我想回家。

但并不是回我公寓那个家，而是回我十三年前的那个家，回到可以拥抱我母亲的那个家，告诉她我会让她骄傲，向她道歉，解释说这次我可以做得更好，我会躺在自己的床上，待在自己的房间里，看一本杂志，计划好我的一天，不用从头开始，时间倒退一点就好，做不同的决定，努力培养自信，尽量不要放任坏的想法，变得更好，认真对待正确的事情，不去说那些我对詹姆斯说过的话，不频繁换工作，早点审视一下自己的期待。降低期待。

我拿起一小叠文件，粉碎，这时电话响了。"下午好，这里是莉萨－霍普，请问需要转接给谁？没问题，请稍等。"

我又碎了一张纸，在碎纸机的声音中，我能听到有一个女人滑稽又愤怒地提高了她的音量，仿佛她很讨厌我碎纸。我有一种偏执的幻想，卡伦挑了碎纸这个活儿给我，为的就是进一步让我和办公室里的人疏远。我忘掉这个想法。又碎了一张纸。

我应该读一本书，我应该交几个朋友，我应该写几封邮件，我应该去看几场电影，我应该做一些运动，我应该放松一下肌肉，我应该培养一个爱好，我应该买一盆植物，我应该给我的前任们打电话，给他们所有人打，咨询他们的建议，我应该搞清楚为什么没有人愿意在我身边，我应该开始每晚都去同一家酒吧，成为常客，我应该再去当志愿者，我应该养一只猫或一盆植物，涂一些好的乳液，用美白牙贴，开始使用洗衣服务，开始或多或少把自己当回事。

我听到那个戴着计步器的女人走到我身后，说想散散步，休息一下。她每天要积累一定的步数。她想穿过美食广场去逛一逛商场，那就真的是白锻炼一场，因为我猜她会在 Au Bon Pain[1] 买某种口味醇浓的全麦贝果。我在脑海里一遍遍重复着"白锻炼一场"这个想法，直到我害怕自己会大声说出口。

戴计步器的女人冲上去跟另一个人击掌，我能闻到她身上的香水味，刺鼻的花香，但在社交场合

1　美国一家快捷体闲面包和咖啡连锁店，总部位于波士顿。

是正确的选择。

工位在角落隔间的女人走过去和"特百惠女孩"说，自己刚从印第安纳州的一个育种师那里买了一只法国斗牛犬。她想找个帮忙遛狗的人，可她又觉得遛狗的人都有点"鬼鬼祟祟"。

"把我的钥匙给一个陌生人感觉有点恐怖，感觉我要去搞到某种中世纪的堡垒板，晚上把门封上，这样给我遛狗的人就不会闯进来杀了我，哈哈。"

我脑中飞快闪过一系列想法。

"或者说，比如，这种情况就很奇怪：有时我的卧室会有点乱，因为我衣服很多，所以为了找一个遛狗的人，我必须先找一个女佣吗？就好比，如果你做了一件事，结果就是你不得不再做另外十件事。"

"没错。""特百惠女孩"说。

我觉得这个女人和她的问题跟我毫无关系。我感到一种不公平。

"看，它叫迪伦。"她说。我想她正伸出自己的手机。

我想象，即便此时她也在给我看那只狗的照片，我知道我也没什么好说的。这感觉很不公平。

我只会发出一个克制的、听起来很积极的声响，或者就育种师说些挑衅的话，要么就紧张地大笑。或许，比起不公平，我感觉到更多的是：一年多以来，我没做过任何一个真正的决定——而她现在却面临十个。

估计这个女人不会去找女佣或者帮忙遛狗的人。她觉得受到威胁，而这种威胁如此愚蠢无聊，这让我愤怒。我想象着那条狗，被连续关了好几天，在角落里撒尿，拱着她男朋友的腿，神经质地狂吠，把她可爱的居住空间变成来访客人的噩梦。我想象着她最后把狗转给下一个主人，那人就得处理这只狗在情绪和行为上的问题。

然而在她心里她已经崩溃了，为找遛狗人和女佣花了一大笔钱。她犹豫着把钥匙交给遛狗人。他十九岁，感觉对整件事都没有热情。在她脑中，一天晚上，她在屋里睡觉，门开了。那个不合群的少年进来了。他很清楚哪块地板会嘎吱作响，知道她的 iPad、笔记本电脑和爱马仕铂金包所在的位置。后来，比起经济损失，她会因感到被入侵而更为恼火。她尽力想忽略这种感觉，试着开玩笑说"真是只没用的看门狗哈哈"，然而和遛狗 App 的诉讼、她不断重复的噩梦，以及 60 000 多美元的损失，让她必须放弃那只狗，它无时无刻不让她想起这些创伤。

这两种幻想都以狗被抛弃而告终。或许事情都会解决，我们都过早下了结论。

我在办公室里听了更多谈话，转接了一个电话。我尽力想碎更多纸，但我的胳膊像是灌了铅一样。我看了新闻，看了几个带字幕的静音视频，然后回了家。我坐在厨房桌边，在网上搜索了一些建议，如何让自己的生活空间更加实用，如何应付那些喜欢主导谈话且需要精神支持的朋友。我正准备过周末，不知怎的周末又来了。

# 第十章

那只小狗好可爱，好可爱，好可爱。但她无法释怀的是，那只狗要让她挂心多少事情。艾洛蒂为那只小狗取名为"迪伦"，因为她觉得这名字非常可爱；但她想着，如果自己最后有了孩子，给其中一个也取名叫"迪伦"可能会很奇怪，不过情况总是会变的，或许等她有了孩子，她就不再喜欢这个名字了。当下只需要跟着自己的感觉走就好。

艾洛蒂正在路上，要去找她的小姐妹们喝酒，可以给她们看迪伦的照片了，她很激动。她已经盘算好了，她会问她们想不想看正在和自己约会的一个帅哥的照片；在她的想象中，朋友们会笑得前仰后合，说些"去你的"或者"我的天，闭嘴吧你"之类的话，这就是她一贯的幽默感。但她们当然会想看迪伦的照片，她会告诉她们，有空的时候绝对应该过来看看它。

"我们应该在星期天一起遛狗！"

差不多就是这样的场景。艾洛蒂永远会为聊天的不同走向做好准备。永远有备用的一件趣事、一条建议，或一个邀请。

她会说自己在找帮忙遛狗的人，然后问问礼仪方面的问题，比如公寓需要打扫得多干净？需要找个女佣吗？请给点指示，呃，这个说法好商业，好搞笑。她真是个呆子。

她走进酒吧，墙是黑的，蜡烛是真的，邋遢与优雅完美融合。她看到她的朋友们已经在酒吧里聊天，笑声不断，见到她们真好。她有点紧张，像往常一样，她上前和她们拥抱，把手机拿出来握在手里，等时机合适就把一切都说出来，再等合适的时机让她脑中预演过的场景成真。

"嘿，你们想看看我正在约会的帅哥的照片吗？"她问道，她们冲她微微一笑，一阵沉默。然后她给她们看了那只小狗的照片，她们又笑了笑，说："哇，它好可爱啊，都不知道你有一只小狗欸。"她正要开始讲有关它的趣事，它叫什么名字，和它一起生活是什么样的，这时另一个朋友，克拉丽莎，永远是主角的克拉丽莎，滔滔不绝地讲起她第一次拥有一只小狗的感觉。接着，每个人开始轮流讲自己和狗的故事，什么时候才能轮到艾洛蒂提起女佣和遛狗人？这个话题是她说起的，现在其他人却大谈特谈，这对她很不公平，她很生气。她脱口而出，"我觉得我需要帮忙遛狗的人"，其中一个人回了句"是啊，应该是吧"，没了。太难受了。事情不该这样发展的。她点了一杯饮料，努力把自己想象成一根竹子，柔韧而坚强，但没什么用，没有一件事是按她设想的方向发展的。


　　就在离艾洛蒂正抓狂的酒吧不远处，杰茜卡吃掉了她特百惠保鲜盒里的最后一粒杏仁，又打开冰箱去拿胡萝卜、鹰嘴豆泥和一块奶酪。她室友的猫，皮皮，正躺在冰箱上面的一个小盒子里。皮皮伸出它的爪子，杰茜卡用手指摸它柔软的肉垫，皮皮蜷起剪过指甲的爪子，握住了她的手指。

　　杰茜卡的室友正在卧室里和男朋友看电影。杰茜卡也在看，但她是在沙发上，一个人。她把零食放在咖啡桌上，回厨房拿了一个苹果、一袋爆米花，还有杏仁牛奶冰激凌。她推掉了一个去酒吧的邀约，此刻感到一种强烈的掌控感。她吸了口烟，吞云吐雾，然后按了播放键。她要把所有的零食都吃掉。这是一个选择。这是一个没有压力的晚上。整整一周，她都在处理发票，把数据从旧的系统转到斯玛特系统[1]里，尽管在网上看了教程，但还是没成功。她已经告诉霍莉还要花上几周时间，霍莉给了她一个领导常用的失望表情，她只好说她会在下周三完成。

随便吧，不想工作了。她吃一口爆米花，又吃冰激凌，换来换去。她专门挑了这部电影是因为她之前看过。她脑子里已经容不下新的信息了。在她喜欢的事情清单上，这项活动接近榜首——她喜欢躺在毯子下面，浑身出汗，面前摆着一大堆零食，感觉恍惚。当她姑妈在家庭聚会上自以为是地发表反对"溜冰"的言论时，她想用心灵融合术把姑妈带进这种感觉里，告诉她这有多美妙和谐。如果你为这段"疗程"设定规范和期望值，它也可以成为一种良药，让你了解自我。她从袋子里拿出根没洗的胡萝卜，直接吃了，电影里的笑话也没让她笑出

---

1　斯玛特系统（Design Smart），一种智能相册设计系统。

来，尽管她承认，理论上讲那很搞笑。

杰西卡反复告诉自己，避开朋友，待在家里，抽烟，大吃大喝，不会让她有什么负罪感。这是她有意识的选择，不是压力和焦虑导致的某种怪异的反社交行为。

过了一会儿，她停止思考，开始看电影，感受咀嚼带来的幸福感。她认识到了新的模式。她之前没注意到的一些东西。她清空所有思绪，让自己沉浸于当下，这最终会帮助她更专注地投入到每周的例行工作中。有那么一阵，她想着今晚要不尝试下新的角蛋白头发护理，但不知道在头上裹一小时的塑料包膜，会不会让自己分心或不舒服。

# 第十一章

　　萨拉邀请我出去参加派对，少见的友善，拉我一起社交，这有可能就是我全年度的三次社交活动之一了。我去的意图和大多数人一样——我想找到一个人，他在我们充满共情的交谈后会意识到，我就是他一直在找的那个可以填补他情感和精神空缺的人。

　　在我们走去派对的路上（我们事先已经喝了几杯），萨拉跟我谈了更多她工作上的事。我在恰当的时机问几个问题，期望她能反过来问我一个问题。

　　外面很冷，萨拉穿的衣服一如既往比我的好，这一度让我感到骄傲，意味着我并不虚荣，但现在我看清了。这是我的又一个失败。

　　我听到自己说："天呐，太惨了！"萨拉似乎不太高兴，妮说还好啦。

我说："你没必要强忍着，你应该有一份同事会尊重你的工作。"我期待她对"尊重"这一概念给予回应，但她什么都没说，所以我开始劝她，在我们的朋友情谊和强硬傲慢的态度之间寻找平衡，我说："你应该辞职。"

"我现在没法辞职，负担不起。"

"那你负担得起不辞职吗？我的意思是，从长远来看，你赶紧行动可能比较好。"

"噢，你觉得这是个好办法？"她说。

我想的是"对啊"，说出口的却是"算了，我懂"。

"我回到家后总觉得筋疲力尽，但我现在没法辞职。不是每个人都能那么做。"

我感觉，她是在拐弯抹角地发表对我父母以及对我经济状况的看法，因为尽管我干着这份见鬼的派遣工作，还能独自住一套公寓。

我们到了，进去的时候有人抱了我一下，因为女主人还不了解我。

我被女主人拥抱的时候，萨拉说："米莉真的很讨厌拥抱。"她大笑起来，女主人也笑起来，然后跟我道歉说："也是，我家人也不是那么喜欢拥抱，我懂。"

我希望我们不要马上就开始谈我麻烦的家人，我说："啊，我不介意。"一到派对现场就开始谈论"拥抱"这个话题让我很生气，好像我是个有界限问题的小孩子，要是萨拉敢再多说一句我家人的事——不过当然她不会。

"没事儿，挺好的，挺好的。"女主人说。我不知道怎么回应，绞尽脑汁想说点什么，关于拥抱，或某件趣事，或是关于科学和拥抱，差点就要再抱一次来证明自己真的不介意。我想到了倭黑猩猩；想到了有一次，和我并不亲密、有点娘娘腔的表兄跟我贴面问好，我直往后缩，好几个月里我都因这件事感到极度困扰；想到了小学女同学给我梳发辫时，我感到极不舒服；想到了萨拉和我从来没有拥抱过，哪怕在她看上去很苦恼的时候也没有。但我沉默得太久了，女主人问萨拉一切可好，萨拉说工作上的事一团糟。我看着女主人轻松自如地把话题转到一则趣闻，讲她的同事如何惹人厌烦。她哈哈大笑，我想，能显得这么快乐一定很好。我想找个缝，看看这快乐底下究竟是什么，我说不上来——
或许是一种尖锐的孤独，没错。我没知会一声就走
开了，径直到厨房去拿啤酒，等我回到门口的时候，
她俩都不见了。

我必须找到萨拉，因为随机走近一小群陌生人
加入聊天，那种感觉太危险了。

我找到了她。她在回忆认识我之前交的一个朋
友。有个男人在那儿跟她聊，她也许想跟他上床，
但我不确定。我们从不谈那方面的话题。我站在那
儿。没人主动跟我搭话。假定的情况是，我认识每
个人，每个人都认识我，那当然只是一种安慰，微
不足道，但我接受；我百无聊赖地等着，徒劳地微
笑着。

"啊，凯莉之前在这里很不开心，所以我也不
清楚。"

"是啊，不过我觉得她在洛杉矶活跃多了。"

"嗯嗯，我不是很确定她在忙些什么，但……"

那个男人并不帅，可我仍然想让他注意到我。
我想要某个人的注意。没人在看我。我的脚不安地
动来动去。我几乎吹起口哨来。为了消磨时间，我

打量起屋里的装修。我觉得他们的 DVD 太多了。

　　萨拉列举着两人现居洛杉矶的共同好友时，那个男人边朝萨拉的背后张望边说"嗯哼"。他觉得很无聊。她太无趣了。我也觉得无聊，然后开始烦躁，我不知道为什么没人想跟我讲话，因为我很会聊天，只需一分钟我就可以熟络起来。我一旦熟络起来，就会火力全开，一切都会很棒。我记得有好多次，自己成了十足的万人迷。我还记得有几次自己突然激进起来，没错，但是一味纠结于过去没什么好处。

　　他不耐烦地挪动双脚。我们要失去他的注意了。必须有人介入，那个人得是我。如果没人终止这一切，萨拉会絮叨好几个小时，用不同的方式，一遍遍地告诉我们，凯莉（甭管那是谁）现在在加州有了份工作。

　　萨拉停下来喘口气，我抓住机会，伸出手。

　　"你好，我叫米莉。"

　　"噢，你好，我是（随便吧）。"

　　"最近好吗？"

　　我从头开始新的话题。我能看出萨拉有点吃惊，但说老实话，我相当怀疑她是不是真有那么惊讶，因为我刚打断的也不是什么深入、有趣的聊天，而且她一开始就没跟人介绍我，这点很不礼貌。

萨拉恶狠狠地瞪了我一眼，那个眼神对于我犯的"过错"来说过于凶狠了。

心里似乎一直有这样一个念头，就是只要我一开口说话，准会有什么坏事发生。好像我要么会扯得太远，要么会说些刻薄古怪的话。但大多情况下我说的话都完全正常，我认为每个人都在小题大做，像我父母，每次家庭聚会结束后，他们沉默地开车回家，总会批评我九岁时挖苦别人但毫无恶意的话；或是当我室友把我拉到一边，说我需要道歉，因为我某句不过脑子的话使我们的朋友难堪了；或是当我在心情好的时候说话而人们拉下脸来时；或是当詹姆斯买上一句"哇哦，你真是专攻要害啊"，只是因为我可能有点厌烦他的朋友艾米莉，她是一个研究生，一直把我当傻瓜一样对待。一天晚上，是的，几杯酒下肚后，听到她说"utilize"（使用）这个词时我大笑起来，她问："笑什么？"我说："只是笑'utilize'，没什么意义的一个词。"接着，她努力想告诉我那个词传达了与"use"不一样的意思，她看我的那个眼神、咯咯笑的样子，还有朝詹

**69**

姆斯瞥的那一眼都好像在说："哇，太可爱了，那个小家伙试着加入谈话。"这让我十分抓狂，我可能说了类似这样的话："是啊，那个词传达了某种意思，那真是家里第一代大学毕业的人才会用的词，好像你的父母是小乡镇里守旧的基督徒，房子里都没什么书一样，你很清楚自己的成长过程，所以你想通过使用精英知识分子的语言来引人注意，但实际上你并不认得任何长的词语，所以你就没他妈任何缘由地把'use'扔到一边，不过是极力想让别人觉得你是个有脑子的人，尽管'utilize'基本上算是个行政术语，知道这个词的人完全是下等阶层。"

所有的尖酸刻薄，所有的纠错，所有的歇斯底里，就好像只要我一开口，就有什么糟心事要发生一样，但老实说，置身于对的情境，我可以魅力四射。我只有过几次不当行为，但每个人都会犯错。

离开那个派对后，在走回家的路上，詹姆斯跟我讲艾米莉家里很穷——他犹豫着要不要说"没受过教育"，最终还是说了出来。"你说那些话真是有点把关系搞砸了。""好吧，但是我也没说错嘛。"我说道，为自己羞辱他人的冲动感到可耻。"不，你真的错了。大错特错。"

但现在我不在那个派对，我在这个派对，所以我抬起头，说："你今天过得怎么样啊?"看，这很迷人，因为这是你会问男朋友、密友、室友，或者你孩子的问题，然而他和我都不认识对方，不同于正常情况，我们是陌生人。

"我要去喝杯啤酒。"萨拉说，那没什么，她应该去，她好像需要来上一杯。我试着像女主人刚才那样，微笑着，确保露出了牙齿，大笑了几声，说："哎呀，你能帮我也拿一杯吗?"说出这句话意味着，我对周围的情况和对我们之间的友谊感到自在，而当然，哈哈，我此刻的确是这个感觉。

"哦，呃，我今天过得挺好的，"他说，"一切都很正常。"

"你觉得那是怎么样的呢?"我问，好像身穿舞会礼服，自己就是举办这场派对的主人一般。"正常的一天?"

"去上班，回家，吃饭，来这儿参加派对。"

"是很正常。"我说，有时候重复你自己听到的话是正确的做法。"我觉得我也一样。"我说，我真的很努力了，不知道萨拉还要多久才能回来。"你在哪里工作？"我问，我真的在付诸行动。

"在市区。"他回答。我很吃惊，因为他穿得邋邋遢遢，像极了一个游手好闲的人，颈部零零星星的金色毛发一小簇一小簇地向四面八方绽开，就好像他五天前刚拿着一次性单刃剃须刀闭着眼睛干刮过，因为当时他心里盘算着必须要多爱自己，所以注意力不集中。

"哦，真好啊，我也是。"我说，接着是一阵可怕的停顿，所以我闪避了。"可能也没那么好。我非常不喜欢我在市区的工作。"我又微微一笑。这或许是我们的共同之处。

"没有，其实也还好。"他说。

我能感到萨拉从我身后走来，我几乎大喊出来："呃，你喜欢看电影吗？"不知道他到底他妈的出了什么问题。

"是的，当然喜欢。"

"你喜欢詹姆斯·迪恩的电影吗？"我问。

"我不知道。"他回答。

"他演过《码头风云》。"我说。

"没错。"他回答。

"你最近看过的一部电影是什么？"和这个家伙

说话就像在吃一块石头，还要假装那是一颗糖。

"其实我不怎么看电影。"他边说边冲萨拉点点头。

"哦，好吧，也挺好的，"我说，"那没什么的。那是你的权利。"

假装对某事充满热情，然后被浇灭。循环往复的记忆让我抽离于此刻。他走开了。

萨拉拍了拍自己的脸，示意我俩一起去抽支烟。我点点头，跟着她去了厨房外的封闭门廊，一些人穿着外套在那里抽烟。


如果人们能做些让步，我想他们就会意识到大家在一起聊天是可能的。如果能有那种常见的兴高采烈的欢呼声给我引条路，我会做得很好，但也许大家都没错，我只是不适合去公共场合。一想到艾米莉我就畏缩了，尽管那是很久以前了。

哇哦，好像到了某人该回家的时间。最后真是去他妈的。

我全部的记忆都像盐撒在鼻涕虫上。

萨拉和我待在封闭门廊里，和其他不喜欢参加派对的人一起。这里是抽烟者的小型派对。

又喝了几杯之后，我试着跟一个看起来很无聊的女孩谈起邪教，以及如果我们换个角度，或许可以和邪教徒的动机有些共鸣。我尽量想把对话搞抽象，那样她就可以参与进来。她想做的只是列一列她听过的不同邪教的名字。她不赞同我说的话，没多久就走开了。

最后我独自坐在地上，腿伸了出去，所以别人必须要跨过去。我能听见萨拉在跟别人讲话。他们好像在争执。我听不出在吵什么。她在解释什么东西，听起来很生气。我能听到她滔滔不绝地一直在说。

我闭上双眼，说："啰里啰唆没完没了。"

我听到萨拉说："别搭理她，她没什么事。"

时间，我想，在流逝。


我不记得自己是怎么回的家。我不记得自己脱掉了衣服。我醒来的时候，一开始根本想不起太多事情。只是那种感觉太他妈熟悉了。我觉得口干舌燥，嘴唇糙糙地从脸上突起。嘴里缠作一团，喉咙肿胀，眼睛干涩，脸庞哧哧作响，头发毛糙，肌肉酸痛，皮肤干燥，大脑枯竭，而且我动弹不得。我躺在床上，整个人已经醒来，但一动也不能动。有很长时间我甚至不知道究竟是怎么回事。公寓里一片死寂，我找不到任何从床上爬起来的理由。

如果昨晚没有出去，今早我醒来就会去参观博物馆，看看电影，逛逛商店，查查招聘广告，上一节瑜伽课，给我妈打个电话，领养一只猫，翻一下我的旧年鉴，放一张唱片，清扫我的公寓。

但是那样又有什么意义？无论如何我还是一个人。昨晚的吵闹，拥挤的人，啤酒，我口中滔滔不绝地发出自己的声音，却终究一无所获。昨晚我没能完成的那一大摊事如同一个圆屋顶、一只大木箱、一团云彩、一张毯子，把我死死地压住了。

最好还是待在家里，最好还是像现在这样觉得恶心，也比出去做自认为可以完成的事却无疾而终好得多。

好苦，我的整个身体，我的五脏六腑，一切我身体所产生的有关我的、却又无关乎我身体的——想法、感觉、个性——它们不得不寄居在我这糟烂的身体里，好苦，我的身体将同样的情绪返还给它的主人。

最好永远待在家里。

每一次呼吸都是惩罚。我想站起来，顺利地走到窗前，打开它，感受凛冽的空气，感受冬天，感受风，以及人行道。

　　我心里挣扎了一会儿，某种压力在推打我的身体，然后消退了。我站起来，又重重地倒在床上。我的头痛很快又回来了，身体也很快再次感到干枯。感到恶心很好，一个人很好，天气寒冷很好，待在家里很好，没人需要我做任何事很好。能做自己很好，能做自己很好！

　　最后，我站起来去了厨房。我不能喝水因为水不够甜。想象水的味道就好比想象满嘴的水银。我在冰箱里翻找，找到一瓶放了六个月的汤力水。那是萨拉带过来的，后来我把它放回了冰箱里，当时醉醺醺的，瓶盖都没盖。我把它从冰箱里拿出来，一饮而下。凉的，甜的，它冲洗着我的口腔和喉咙，可直到喝完我才意识到它有多难喝。我的舌头像被糖衣裹住了一样，想要呕吐。

　　从某种程度来讲，这是我感觉最正常的时候。我浑身赤裸，冷得要命。我调高了暖气，脚底黏着细碎的垃圾。我去洗澡，几乎是爬过去的，不愿让自己吐出来。我站在淋浴下面，感到自己的身体被淋湿。我把自己的皮肤想象成一块海绵，我花时间扯开头发上缠的结，手上沾满护发素，膝盖发软，不愿回想昨晚和自己所有做得不好的事。我洗了三遍，边淋浴边把牙刷了。我想用牙线，但我无法让嘴巴张得够大。我下巴上的肌肉又干又僵硬。

在卧室里，我穿上了一套高中时就有的运动服，扯下床上的被单，拾起地上的衣服，管它脏还是干净，全都塞进脏衣篮里，然后铺上新被单，停下来干呕着哭了一番，把公寓里其他角落的枕头和毯子收在一起，拿出我的电脑，将自己像虫茧一样裹起来，看电视节目。我订了一个比萨。我时而恍惚，时而清醒，让节目里的现实成为我的现实，吃比萨，开着电视睡着，开着电视醒来，清醒恍惚，恍惚清醒，一个人，孤独，就好像我喜欢这样。

当然，我是有意做着这一切。

有意把自己代入黄金档肥皂剧中虚构角色的虚构生活里。他们在联邦调查局或医院工作，都在岗位上恪尽职守，工作一半在办公室一半在实地，干完手中的活儿，广结人脉，私生活与工作无缝重叠。

他们从来不看电视节目，他们没事不会去查邮箱，他们一直担心一些实实在在的事，一直都有需要解决且能够解决的问题。我让自己沉浸其中。他们就是我，我就是他们。他们皱着脸哭泣，我也是一样。

我记得跟詹姆斯住在一起的时候，有过这样暗无天日、宿醉不醒的日子。我记得自己会坐在沙发上，就在他旁边，我们实在挨得太近了，我让他告诉我一切都会好起来的。这是他做不了或者不会去做的事，结果就是我乞求他跟我讲一切都会没事，一遍又一遍地重复着。

"一切都会好起来吗？"

"我不知道你什么意思。"

"是啊，但是一切会好起来吗？"

"什么会好起来吗？"

我不知道，我不知道，我不知道。我会重复到他屈服为止，然后好几天我都能听到他嘲弄又夸张的声音饱含同情地在我耳边回响（"一切都好"），我能感到他拍我的头，很不情愿地，好像我是一条坏脾气的狗。

有时候，我会走到他旁边，捏他的胳膊，为他没有让我感到被爱而生气。我会告诉他他应该说什么。"告诉我你爱我""你为什么喜欢我"之类的。我们都不喜欢这样。他应该比我更不喜欢。

我为我是我自己而感到尴尬，需要有人告诉我我有些好品质，安抚我说我只是反应过度，或只是那天不太顺。

或者，至少这是我现在看待事物的视角。

现实和我在这块屏幕上看到的完全不同，在这些讲工作的节目里，每当有人崩溃到需要同情，全体演员都会围上来——一边害怕伸出援手会伤害主角的自尊心，一边还是给予了帮助。

如果不让别人知道你和你宣传的形象不一样，不让别人知道你一直都有奇怪的想法和感受，你就无法向他人寻求帮助。要让别人知道你比自己承诺的更丑陋、脆弱、烦人、简单、无趣。要透露出你多容易受到伤害，跟其他人一样，是个无聊的人。一旦暴露了自己没有安全感，如果没有人立刻让你感到放松，你就很容易产生愤恨。这时如果有人指出了你的坏品质，哪怕只有一丁点儿，愤恨就会来袭，两人间的友好协议就破裂了，你们突然变成两个愤怒的陌生人，共同在一个房间里单独待上好几个小时，却全然不知为何。

但说到底，谁还在乎呢？一个人待着总是更好，这样更好，与自己相处时能做自己更好，可以毫不隐瞒地讨人厌。谁在乎呢？没人。

　　第二天早上，一个周日，周一就在眼前，我清扫公寓来舒缓身心。扫了所有的灰尘，扔掉所有的垃圾或是把它们抛诸脑后，所有的衣服不是叠好就是藏着；等待着陪伴，尽管只有我一个人，尽管我是自己唯一的陪伴。

　　整整两天我都窝在屋里，被吞没，日子被浪费了的想法真可笑，但那种被拖拽着穿过大气的感觉，经过的每一点都因与上一点相似而更吓人，可它在变得更难、更阴森、更黑、更僵硬，上一个糟透的日子、上一段糟透的经历留下的印记，挥之不去，附着在我身上，我过去的经历是一团我在翻阅的秽垢。

　　尽管我的公寓已经打扫干净，还是有些不对劲。我还有这么多破事。

我打开我的衣橱，挑了几件毛衣，扔进垃圾桶。我点开《法医档案》，四处寻找食物，努力想感受一种成就感。

天黑得早了，我迎接即将到来的日子。迎接我弯曲的脊柱。


关于时机、怎么应对这棘手的问题和事情的发展，卡伦有粗略的想法。好运总是眷顾勇敢的人。她决定就米莉的表现给派遣工中介发一封简单的邮件。一方面是想试探，另一方面准备开启一段更长的对话。她有几个模糊的计划。

# 第十三章

又回到办公室了。我粉碎了最后一份文件，完全不知道接下来该做什么。

卡伦走到我桌旁，又拿出一摞文件，说："不要拖太久，这些是敏感文件。"

"当然，"我说，"我现在就处理。"

我低头一看，有一些是金融统计数据。卡伦对我笑了笑，很不自然，接着很快就离开了。我粉碎了几份文件，用眼角的余光看到邮件状态有变动。

收件箱列表的顶部出现了一行粗体。

我就像受到刺激的蜥蜴一般兴奋，还有部分的我是活着的，希望那是好消息，家里的消息，善意的提示，一个玩笑，一条爱的信息，一根橄榄枝，一些刺激，一些改变。

那种感觉很短暂，掺杂着另外一种预期——垃圾邮件，需要支付的账单，内部简讯，房东发来的一些东西，我公寓的状况，信用积分，债务人监狱，责骂，邻居的投诉，我过去认识的某个人来提醒我曾做错的事情。

我又粉碎了几份文件，希望能唤醒我内心的困惑、兴奋、潜能和奥秘，心底则很清楚，那是有关信用卡里可兑换的感谢积分，容器商店里的搁架单元，Mint[1] 让我知道我花了钱。

我回到电脑前，看到邮件是派遣工中介发过来的，写信的是我的代理人朱莉娅。标题是"进展"，没有问号，好像她有最新消息要告诉我。我一句话也说不出来，身体几乎僵住了。我现在应该打开它吗，还是我应该找个借口去大厅，然后在手机上打开？我应该等到午饭时间吗？现在坐在这里打开它，得知我在这里的情况的实时更新，会不会很奇怪？

没人在看，我打开了邮件。我想知道有关我和我的职位，卡伦了解多少，办公室里的其他女人了解多少。我想关注这一刻的事，但绞尽脑汁地寻找

---

1　美国个人理财网站。

征兆（卡伦好像很生气，卡伦刚刚给了我更多活儿，我很糟糕，我很有能力）。

邮件开头的问候以感叹号结尾，鼓励我继续往下读正文。朱莉娅想要我分享最新的感受。她想知道我是不是过得开心，我认为这份工作是不是自己能够长期做的，上级有没有给我反馈意见，或者还有没有其他事宜。她说我应该"保持联络"。

大量的肾上腺毒素涌进我的血液。

我能想象自己长期做这份工作吗？

我的耳朵里开始低鸣，声音很轻，我展开了一系列的设想，从加薪到储蓄账户再到完全的抑郁，它持续很多很多年最后毁了我。我环顾四周。她们开心吗？我又开始想加薪的事，我的胃开始痉挛。我站起来，从我的桌旁走开，到卫生间里的水槽旁喝水，不跟任何人提那封我刚收到的邮件。我能跟谁讲呢？那感觉像是个坏消息，好比某个我爱的人刚刚住院了。我在走廊上边走边发抖。

我站在卫生间的水槽旁，抓住水槽边缘。我的脚踝软了，我拿水往脸上搓，不知道自己为什么要这么小题大做。这就是原本的计划。这就是我料想会发生的，这就是我想要发生的。

在这里，在这栋楼里，在这日常里。融入，屈从。前行又留在原地。通过留在原地去前行。

如果我有更多钱，我就能交到朋友。如果我生活更稳定，我就能更平易近人。如果我有一份真正的工作，或许随之而来会有更多责任。我想我一直渴望拥有这些。我能成为自己想要成为的人——冷静、镇定、胸有成竹、足够独立，能吸引到喜欢我陪伴的人，因为我们都是独立的人，做着必须要应付的事。

不像现在，不像现在的我，四肢乱挥，身体里都是呕吐物，一直想着死亡，一直愤愤不平。

如果我是一个更好的人，我就不会一直这样动不动评头论足。我完全可以不这样。办健身房会员卡，用 Instacart[1] 购物。带萨拉出去吃晚餐庆祝，参加读书俱乐部，一小步一小步，花钱出去看电影。在其他人宿醉的时候去剧院看周六的日场。我可以成为那些只参与但不饮酒的人之一。我有脸书，我能找到哪里有演出，更多地参与，成为一个参与者。再次去"女性庇护所"做志愿者。向他们道歉，他

---

1　美国生鲜杂货代购平台。

们不会生气。回趟家看你妈妈，为整趟行程买单。带她去吃午饭。

关注一份正经工作的好处。

我可以开始冥想。我可以停止看太多电视节目，只是一直看书，这样别的东西就能走进我的内心，告诉我要去感受什么。

我的喉咙发紧，我意识到自己一直没有喘气，就像是睡眠窒息症一样，但是发生在白天。我无法深呼吸，不知道浅呼吸是否能改变什么。或许我应该跟随身体的本能，暂停呼吸一会儿。气息的流动，应该是自然的，试着专注于气息的流动。

我内心深处开了一个深坑，很宽，不断在扩大，我的大脑在我眼睛后面打开，脸上袭来一阵甜蜜的刺痛，是喷嚏，但是更为深入，一直暖到我的胸口，我的胃，让我重新呼吸的唯一办法就是哭一场，不要试图去扼制它。

反正你也没剩下多少尊严。

你也没有多坚强，你并不坚强，你他妈软弱得很，在卫生间里抽泣，为自己感到抱歉。你又不是办公室里的中流砥柱，你不想让她们看到你哭。

又不会有人说"你有看到米莉正在卫生间里哭

吗？我真的很担心。我从来没见她那样过，大多时候她都是那么坚强，那么可靠。我不知道发生了什么，我想去她身边，只是抱住她，但老实说我很害怕——害怕她并不想让我在那里，害怕打扰到她。我的意思是，如果有什么事情能让我们所有人中的米莉哭，那肯定是很沉重的事。我只是不知道自己是不是足够坚强，可以帮助她承受那种悲伤"之类的话。

站在他妈的卫生间里，鼻涕顺着你的脸流下来，因为有人给了你一份工作。不不不，因为有人可能给了你一份工作。如果卡伦进来了，她会收回那份工作，那你将一无所有。那是你一直想要的，不是吗？你明白事实上你不能只是钻进一个洞里，然后死去，对吗？不要当这样一个小婊子，以你现在这样，你永远不会被雇用，所以别担心了。

最后，我的身体恢复了呼吸，持续且平稳，我又打起了精神。

我撒了泡尿，又擤了擤鼻涕。

我回到办公桌旁，感到自己完全被掏空。当我快活地从卡伦桌旁迅速走过时，这一刻我才意识到我已在卫生间待了二十分钟，撒尿和哭泣。

但是我得到了工作！

我在网上找到萨拉，告诉她我的困境——我在这里很压抑，但另一方面我已经有一年多没有一份正经的工作了。她说："嗯，如果他们给了你这份工作，那你就应该接受，为什么不呢？"

我告诉她那并不是我真正想做的，而且很消耗心力。她对我说："不过是份工作，你总是可以辞职的。为了加薪你也该接受它，就像我一样。"

我告诉她，我甚至不确定这是不是他们发这封邮件的目的。我转发给了她。

她说似乎是有点苗头。或许他们正在谈条件协商出价，或许他们也为我做了别的安排，他们在努力让我的上司做点什么。

我跟她讲了卡伦来到我桌旁，给了我更多摞要粉碎的文件，萨拉觉得这是个好兆头。

我告诉她，完全投身于一份工作会让我有点担心，她指出那不会比现在的情况更糟了。"你可能要开始每小时赚 15 美元了，不会有什么坏处。"我跟她讲我一直想的是 18 美元。她说："听着不错。"

跟萨拉讲这些感觉挺好的。她没有完全支持，因为她并没有把我的苦恼当回事，也没说什么让人高兴的话，但在某种程度上，那的确有助于我应对恐惧。

我给我的派遣工代理拟了一封简短的回复，发给了萨拉。她说我应该写得更务实一些，所以我删了几句客套话，最后发了一封只有两句话的邮件，告诉他们一切顺利，但并没有表明我会不会"让自己长期做这份工作"。萨拉说保持距离有助于提高议价能力。

我不确定我的立场，也不确定我想要什么，所以我查了一些菜谱，列了一张购物清单。我去了全食超市[1]，花 60 美元买了些不经用的东西，就当作一种练习，让我知道更有钱可能是什么感觉。

桌上的文件一份也没粉碎。

---

1　全食超市（Whole Foods），美国一家大型连锁食品超市。

# 第十四章

晚上，我把杏仁放进一个小号特百惠保鲜盒里，带到办公室当零食吃，只是想试试而已。我做了个花生酱三明治当晚餐。

我脑中闪过一系列的想法。其中之一就是打开我的邮箱，找到一份匿名信息，内容是"他们来了"。信件抵达了我脑海中的信箱，通知我错过的开庭日期，未还清的债务，对我外表、行为和体臭的个人投诉。我的头发和脖子被雪打湿了，我快冻僵了，但我的胯部和胳肢窝还是热的。我从里到外都脏兮兮的。

我告诉自己改变是可能的，现在就可能。行为是变化无常的。我或许不能改变我的想法和观点，总之一开始不会，但我可以改变我的行为。如果我反正都不在乎，为什么不对我的行为做些改变呢？

如果我的心已经死了，为什么不做些简单的改变呢？至少我的身体会感觉好点。

我听到走廊里传来脚步声，我把我的花生酱三明治放在厨房桌子上，点了一根烟，等着。没人来找我，这个我知道。是时候彻底改变了。这条走廊里的人，不管是谁，不是很累就是很沉，嘈杂的咚咚声和拖沓的脚步声越来越响，靠近我的门。那些脚步不是来找我的。我叛逆地抽着烟。我住在这里，这是我的公寓，合约上没有任何地方说我不能抽烟，如果这是一则规定，我乐意遵守，但是在指责我不遵守规定之前必须要告诉我规定的内容。

一把钥匙插进了锁里，我能听到钥匙转动后门砰地关上了。我注意到自己的手在颤抖，尽管我在抽烟，我的嘴里塞满了花生酱。

我决定把该做的事列出来，会有助于保持将获得潜在工作机会带来的劲头。我列出的有：给妈妈打电话，解释一下潜在的工作，在水槽里把连裤袜洗了，做拉伸，喝三杯水，不喝酒，想想你可能会读的书。

我先收好连裤袜，把衣橱扒了个底朝天，又在地上找，还翻了内衣抽屉，我闻了闻，全都发臭了，需要清理。

我在卫生间的水槽里装满了冰冷的水，倒入一瓶盖的护丽洗衣液，按照瓶身后面的说明，确保不要搅动太多。那些规则。我把连裤袜浸在水里。我的手指在水里轻轻搅动，这感觉舒缓又提神，直到我注意到自己双手的皮肤已经变得又干燥又粗糙，还开裂了。我的小臂（之前是我最喜欢的身体部位）已经随着时间变得又粗又干燥。每做一个动作，手臂上的肉都会轻微晃动，不再那么结实了。

我咬紧牙关，一阵焦虑涌上来。我骂了几句脏话，是针对自己的，然后告诉自己我就这样了。就这样了。

我拧干连裤袜，晾在淋浴杆上，然后给我妈打电话。电话铃响起来的时候，我想到了某些人，那些不怎么出去玩的人，那些没太多亲密关系的人，他们往往在终于有了机会时讲太多话。有时候我就是这样。讲话自然在我要学习去做的事情清单上位列榜首。

聊天，聊天，聊天，仍旧是那个健谈的我。

当我妈接电话的时候，我立刻觉得又无聊又恼怒。我试着跟她讲派遣工的事情，以及我的感受。

我试着保持积极的态度。

我可能要有工作机会了，她觉得很棒，我能从她的声音中听出一种微妙的东西，这让我很烦，好像她必须小心翼翼地对我，尽管是我打电话把一切摊牌的。

"是啊，所以，我不知道。我觉得这个工作机会很快就要来了，但是我有点矛盾，"我说，"并不是我没认识到所有潜在的好处。"

那种一切都没有意义的感觉再次淹没了我，又一股醉人的浪，我脚下的地板打开了。这不是你想要的吗？不。在我还是小孩子的时候，我妈妈曾告诉我，生活就像一场游戏，有时候你不得不去做自己不想做的事，才能去做自己真正想做的事。我总觉得这是很奇怪的建议。对于我自己想做的事，我只有过简短且稍纵即逝的想法，大多数时候我感到自己被种种可能性完全淹没，然后我只是一项一项地查看清单，说着不行，不行，不行，不是那个，不是那个，直到我开始玩这个白痴的游戏，把我正在做却不想做的事情都安排好，就为了某些想象中的有天我会碰上的东西。我努力想把这段记忆从脑海中清除掉，却做不到。

"没关系，"我说，"我可以做。"

"你当然可以。"她说，可我并没有感到任何肯定。我能感到的只是压力如薄膜一般在我身上延展，脖子处很紧，我背部弯曲的地方很紧。我想大哭。没人能帮我。我只想把所有人都赶出去，一个人待着。

"只是，你知道，我真的很讨厌这份工作。那里的每个人都那么蠢，而且做的事没有任何意义，想到要接受这份工作就很压抑。我的意思是，想到这份工作会带来什么就很让人沮丧。"

她在电话那头很安静，我叹了口气说："无论如何，我觉得这会对我有好处。"

"我同意。如果他们给你这份工作，你就应该接受。你要是能养活自己一阵子，那或许会感觉不错。你爸和我刚在谈这件事。不是今天，也不是下星期，但是会很快，我们想让你开始离开……"她继续说下去，讲的都是很有道理的话，简直太有道理了；不知为什么我有种感觉，她并没有在听我讲的话，没有接我的话茬儿，我的视线边缘模糊了，然后我又开始讲话。我听到自己说着什么豆荚人[1]和个体意识的谎言。我不知道我在说什么。她又陷入了沉默。

"我很抱歉,"我说,"这阵子我一直很困惑。"

我想让她跟我讲讲她曾经感到困惑的时刻,告诉我她曾陷入与我同样的处境,但是结果一切都柳暗花明了。我想让她告诉我,最后她很开心,可电话另一头只有沉默。

我告诉她我会尽量充分利用形势,希望能让自己听起来成熟一些。就像一只狗伸出了爪子一样,我极度想让她告诉我,我正在做正确的事。极度渴望她说服我接受这份工作,并且要带着热情而非怀疑去接受。我几乎能听见她正在盯着平板电脑,挑选我挂电话之后她要看的节目。

"我只想更多地活在当下。"我说。我失去的一切化成一张图像在脑中残破地闪现:詹姆斯,我年轻时的活力,友谊,灵活性,幸福,不会痉挛的胃。

她还是没回应,只是说了句:"一切听上去都

---

1  豆荚人(pod people)这一形象源于 1956 年的美国科幻电影《天外魔花》(*Invasion of the Body Snatchers*),外星魔花通过豆荚开花的方式,趁人熟睡的时候吞噬他们的感情,把地球人变成无情的复制品,即豆荚人。

挺好的。"

"我不知道我应该做什么。"我说。

她对我说再等等吧，接着又说如果那份工作给了我，我就该接受。

我不确定我想让她说什么。我觉得这主要是语气的问题。这点我也不能确定。

她跟我讲"亲爱的，太晚了"，然后告诉我她没什么可汇报的。我回答"好的，不错"，接着我跟她说自己对于工作的事很紧张。她对我说"你会好起来的"，我说"是啊，但什么叫'你'"。我又跟她讲了一遍我认为自我是一种幻觉，是完全没有根据的，并以此为依据论证我为什么不应该想得太多（然后我边大笑边讽刺地说出"我"这个字，等着"她"回应），而且我语速太快，气都没喘，说最后一句话时我能感到自己胃部的肌肉在往里挤。

我妈跟我说，今晚聊的对她而言已经够多了。我默默称赞她的实诚。

我挂了电话，胃部一阵恶心。我坐在厨房桌子旁，幻想着彻底清理我的公寓，买新的东西，再搞一辆车。

我拿出烹调用的雪利酒，那酒是我出于某种愚蠢的原因买的。我给自己倒了一杯，在窗户边抽烟，看有什么人，任何人，敢说我什么。

我越是一声不吭地喝酒，就越不可能动弹。我想把盛着雪利酒的杯子扔到墙上。我的手握着杯子，但我不相信自由意志，所以我不能让我自己那样做，而且我不相信个人，所以我意识到我（"我我我我我"）想要扔杯子的冲动毫无意义，只是一种构想。我主要是觉得累了，处于一个模糊的怒火的爆发点，有什么大不了的呢？我还好。我突然感到放松，不管不顾。我不需要把杯子甩到房间的另一头。

我心脏的每一次跳动都让我的身体感到紧绷。一份我可以拥有的东西的清单：平静，稳定，一件干净的冬季外套，一块斯沃琪手表，香水，理一次发，又暖和又时尚的靴子，一个好的身体，不带威胁性的关系，一间干净的厨房，可以说话的人，真的，任何人我都可以接受。我呼吸着。我希望我有镇静剂。我能感到冬天的空气从我厨房窗户的缝隙里吹进来，我想从窗户跳出去。飞回家里，小宝贝！我希望我能让自己大笑、放松、接受评估。我将接受评估。我站了起来。

我放了一集《法医档案》，打开了顶灯。厨房会容易打扫些。我收好公寓里的餐碟、卧室地板上的盘子、卫生间里的一只杯子、放在冰箱顶部的碗、炉子上的平底锅，在皂液器里加水，好让它更经用。我刷着盘子，就像那个住在圣路易斯、对邻居心存疑虑的年轻女人，她在被掐死于公寓里的两个月前向她的几个同事表达了疑虑。侦探们看了她的邮件，查找了她的搜索历史——笔记本电脑取证。她的同事，比我年长几岁，在一个黑得发紫的房间里接受调查，屋里不起眼的某个位置还放着一株蕨类植物。她额头上的光泽捕捉到了光线，照出了更深层的毛孔。那对我而言会更糟，我想。我本来能有个那样的额头。

  我从冰箱里拿出腐烂的食物，放进垃圾袋里，然后把袋子放在走廊。我可以冒被赶出家门一晚的风险，房东不太可能在公共区域溜达，观察谁一直行为不端。如果楼里一个默不作声的住户给房东发邮件或是打电话举报我，那他就要扑个空了，因为我计划早上七点就起来，然后穿着睡衣和长大衣把垃圾扔出去。如果房东问及此事，我就说可能是其他人干的，或者是搞错了，因为我从来不会像一头该死的畜生一样把垃圾丢在走廊；如果他要证据，我就说：哎呀，现在太早了，不过因为我是这么好的房客，而且我想让你相信我，看这儿，这里有一张走廊的照片，没有垃圾，今早的报纸作为参照也拍进去了。

天色渐晚，我拖着地，电脑上自动播放着《法医档案》。我把储藏柜里里外外都擦洗了，又点了香。厨房是家的核心，已经一年多没人碰过我的身体了；我有一个美好的居住空间。卧室啊，接下来就要扫你啦！我一动不动地在厨房站了一分钟，看着自己所做的一切。我感到骄傲。我要开始在Instacart上采购生鲜杂货，如果我为员工报酬过低感到内疚，我可以一直选择准备好现金小费，因为正如甘地所说，你得先成为你想要看到的这世界的变化。

我打开卧室的窗户，迎接零下两度的空气，以排出室内难闻的烟味和酸腐的体臭。我的肩膀躁动又酸痛，我把堆成一堆的衣服——叠好，我整理了床铺，在各处喷洒了薰衣草香味的空气清新剂。怎么一切这么快就又脏了呢？肯定是因为我！一个男的打了911，尖叫着说自己的老婆可能是怎么死的，我总能根据一个人的声音判断他是不是在撒谎。演戏是很难的，这是我从高中时期所有失败的逃学经历里得出的结论。每个人内心深处都想着（至少在年轻的时候，或是在年少无知的时候）他们可以演戏，仅仅因为激动的情绪一直在他们身上奔涌（哈哈，"他们""他们""个人"），他们没有意识到，剥离那些情绪才能真正造就精彩的表演，因为他们的情绪（恐惧、怀疑、焦虑、傲慢）会推翻表演。又或者我们都以为自己可以成为好演员，因为我们会撒谎，因为我们的生活就是谎言。

我猜对了。他的确谋杀了自己的老婆。现在已经太晚了，不能用吸尘器了，所以我用扫帚扫了卧室里的小地毯。为了显得幽默，我在枕头上放了一块带有烟草斑纹的三叉戟牌口香糖，就像在一家精致的旅馆一样。那是我在地板上的鞋子旁找到的。

一切看起来都很棒。我在公寓里踱步，我的监牢！我的家！我的肩头依然感到压力，但筋疲力尽的感觉不一会儿就来了。如果我有用不完的精力，我会把衣服洗了。或者有 25 美分的硬币也行。[1]

我或许是个让人为难的人，我不是很确定。

---

1 美国许多公寓配有投币式洗衣房，使用时一般须投 25 美分的硬币。

卫生间里洗涤槽内的污垢是最后要清理的了。我一把抓过彗星牌漂白粉和有机酶下水道清洁剂，马上开始行动。这是我多年来第一次出汗。排水塞上的霉光滑、厚实，还黑乎乎的。排水管通了，但是浴帘上粉色的霉呢？哎，朋友，你得等！

某种类似期待和兴奋的情绪掠过我大脑的屏幕。我想象着周六洗衣服，把可水洗的浴帘洗干净。或许我会请萨拉过来，中午一起出去逛逛。我们可以吃油酥点心，听听音乐——用黑胶。如果她一路过来感觉有点冷，我会说："如果你想洗个热水澡就洗吧。"因为我的淋浴间会很干净，我会有干净的毛巾，我甚至可以给她一身干净、柔软的运动服穿。那就好比我们是两个孩子，身后有时隐时现的父母的影子，为我们提供好吃的和热水，还有热毛巾。或许我们甚至可以去公园，在雪中玩耍。

我关上卧室的窗户，开大暖气来调节室温。我设置了闹铃，把我的笔记本电脑搬到地板上，踩在我刚打扫过的地毯上做拉伸。十五年前，我在一本青少年杂志上看到夜晚和清早做拉伸运动的内容，那时我的生活仍有体系感和目标。我只能够到小腿中间。凌晨一点四十五了。

如果我愿意，这可以成为我的生活方式。我可以制订各式各样的计划，真正好好照顾自己。我可以向我妈道歉，让她知道在那段我本应该用药治疗的时间里（不是要责备她），我失去了我的男友、我的工作和我所有虚情假意的朋友，从那时开始我就一直很抑郁，但我正努力解决问题。我可以去精致的花店，给她买几块包装可爱的小肥皂，她喜欢那些东西。她可能喜欢那些东西。从城里给她寄爱心小包裹，像个正常的女儿那样。就像我是个基督徒或其他什么珍视和尊重她长辈的人——并不是说我现在不尊重。我们可以拥有一段低调的关系，真真正正地帮到彼此，让彼此感到被重视，因为我一直有一种不好的感觉——她从来没感到自己被完全地珍视。在一定程度上，我承认我也有责任。我应该给自己制订一个十二步的流程，把我的生活变成一个实实在在的康复中心（不过我仍然可以喝酒）。一个救恩之家，但不那么恶心和悲伤。

　　我钻进被窝，什么都没穿，心里警觉，刷过了牙，明天要穿的衣服摆在外面，包里装着杏仁和需要的一切。我把电脑放在肚子上，开始在 Instacart 上下单。流行小女王！我要犒劳自己。我买了一根蜡烛。我买了杂货，是基于我幻想做新工作是什么感觉去采购的，充分利用所有的补贴。所有我在全食超市犹豫过要不要买的东西，我都装进了购物车，然后是一些——玫瑰和啤酒、红花油、杜果干、藜麦意面。我听着《法医档案》的声音睡着了，希望电脑的电池快点没电，那样我的睡眠就会比较顺畅。

我的梦都很浅，跟房屋装修有关。对那些东西我有一种隐隐的恐惧感。

# 第十五章

如果说我一觉醒来感到美好而幸福，未免过于保守了。有那么多我可以做的事情，我生活中有那么多人，只要一条短信就可以把他们叫过来。如果和萨拉喝酒让我不自在，为什么不给贝丝发条短信，看看她想不想一起喝杯咖啡呢？贝丝总是让我无聊得要死。

我泡了福爵咖啡和燕麦，整理好了床铺。咖啡口感酸涩，燕麦没什么味道，我想着在 Instacart 上下的单就要送来了，以及它所预示的所有好兆头。

我记得之前在去贝丝家的时候，听到她说"我做了中东风味的烤茄泥"，声音里没有一丝波澜，这他妈的曾让我很不爽。她真的是那种你最多只能跟她喝上两杯啤酒的姑娘，总是在念叨她得做的某份文书工作，她进展顺利的某个实习，还会跟我聊什么研究项目。当我冲她咧嘴一笑，说"哇，烤茄泥真好吃啊"，她会一脸茫然地微笑。贝丝是当时我剩下的最后一个大学时期的朋友，（除我之外）唯一在毕业后没有去纽约或洛杉矶，也没有回家的人。我为了詹姆斯和他的朋友抛弃了她，她也最终因为詹姆斯抛弃了我。我偶尔想过要和她重新联系，尽管我从来没有真正喜欢她这个人。但她确实之前就认识我，所以或许（有了这份新工作）我可以练习表演过去的自己，那个自信的浑蛋，然后将那（自信）里的要素融入新的道路。新版本的我温和从容且信心十足。上次我们有联系，还是我在十个月前没理她发的短信。我赌她肯定有时间喝咖啡。

　　我晾在卫生间里的连裤袜还是湿的。我想吹干但失败了。我穿上一件条纹毛衣，一条短裙，涂上口红，收腹。看上去还行，尽管毛衣有点太小了，口红让我看上去疯疯癫癫的。我倒出外套口袋里的面包屑，意识到自己要迟到了。我惊慌失措了一会儿，但我告诉自己不需要慌张，不需要了。我不会再怕了。我把垃圾带了出去，虽然那可能会让我再迟到几分钟。我有意做的这个决定。生活于我不再只是遭遇。我掌控一切。

我上了通勤列车，用力推着人群，空气中是浓重的洗发水和古龙水的味道，我没有生气，而是这样想：碰触我的都是干净清爽的人。我靠在前面一个男人身上，之后又轻轻地倚在后面一个女人身上。我把靴子抵在一个大学男生的靴子上，很快又缩了回来。我上了自动扶梯，没有在上面走，我想着："迟到是你自己的错，不能怪别人。"

去上班的路上，我路过一家美食家甜甜圈店，心想："下次，下次我会买甜甜圈，放在柜台上，什么都不说，就放在那里，像个小仙女会做的那样。"

我今天早上没那么难闻，所以当我走近卡伦办公桌的时候，我微笑着说早上好，是认真的，因为这是一个不错的早上。她抬起头笑了笑，勉强说了句"早上好"。一切都会好起来的。

我工作时间发的邮件有趣又贴心，反正在我看来，充满了一种温柔的歉意。为我的行为感到抱歉，为失去联络感到抱歉，但字里行间洋溢着一种友好的感觉，对那些在我生命中有价值的人和事进行重新评估。我觉得昨晚的拉伸真的有好处。我认为贝丝和我妈都会给我回信息。

卡伦从我旁边走过，问我碎纸进展得怎么样了。我告诉她我是在接电话的空隙里碎。她说："好吧，不要让文件放得太久。"我附和说："那当然啦。"

回到家后，我看着镜中自己的脸，这是我曾喜欢做的事情，但现在不了。我微笑着，皮肤变得紧绷起来。这是人们想要看到的一张脸。我的头发没剪。一层层地垂在肩膀上，像是路易十四的荷叶边领口，分叉的发梢，毛糙的鬈发。我拿起沐浴刷，然后开工。我泡在椰子油里沐浴，没理会一条短信，强迫自己认为，我手机没电了。我把椰子油按摩进我的皮肤，头发也浸在里面，牙齿上也涂了，还有指甲上，舒缓地触摸自己。我把椰子油涂在眉毛上。我注意到脖子和下巴上长出了毛发，对自己发誓晚点儿要处理，把这一步纳入我新的美容习惯。我穿上一套暖和的运动服，调高暖气，然后打开窗户。我喝了四杯水。我要制订计划。我拿出笔记本和笔。我计划列几个清单。在第一个清单上，我写下了自己估算的新工作的年收入，并且做了基本预算。我一年应该能赚35 000美元，看着真是高得难以置信。我算了食物、房租、消遣娱乐的费用，以及其他几样开销。如果我不铺张浪费，那我在年底应该能开一个储蓄账户。所以，从现在算起，一年后我能开始找别的工作。在这期间我可以做义工，来获得更多工作推荐人，最后申请管理或者行政或者文案类的更符合我价值观和兴趣的工作（这些都是后话），这样一来，变化会自然而然地发生——而且，因为我有点积蓄，我不需要焦虑。一年后我无论如何都可以辞职。

或者，如果我喜欢展销厅的工作，那我可以把存款用在度假上。或许会再去欧洲，或许会叫上几个朋友，在威斯康星州租间小屋。

短信是贝丝发来的。她很乐意出去逛逛，不过她工作上的一个大项目正要结项。她问我下周有什么计划。这让我感到安心。我在清单上写下自己应该为我俩选定一个时间，再安排好一个活动，并且明天中午前一定给她回短信。

我这周余下的时间都是这么过的，为自己的未来做计划。

# 第十六章

周五是平常的一天，跟以往的周五没什么两样——每个人都在偷懒，好像已经是周六了一样，好像他们只要人在这里就已经算帮了展销厅的忙了。帕蒂和阿曼达坐在展销厅的一张沙发上喝咖啡，喝了不下二十分钟，几乎是明目张胆地正对着卡伦的桌子，大概忘了她们的收件箱里还有未回复的邮件。

米莉又早走了一会儿。卡伦注意到了，所以查看了自己的腕表确认。这是无法接受的。她等了大约十分钟，然后从展销厅里自己的办公桌旁走开，进了后勤办公室。

那摞文件还在米莉的桌子边上，几乎在发着光，被遗弃了一般。卡伦对此很满意。这证实了她对米莉的怀疑——连一个简单轻松却又十分重要的任务都不能托付给她。这也让她有了具体的东西向莉萨汇报。

这是一次出击，一场暗杀。不能说是撒了谎，但确实是人为造就的局面。这种形势下的道德伦理处于灰色地带。如果卡伦可以肯定自己是很单纯地交给了米莉这项任务，那就不至于那么灰色。

卡伦看着米莉的桌子。上面溅满了咖啡渍。卡伦眼前忽然闪现出米莉像头邋遢的猪一样大口喝咖啡的场景。她把文件收拾好，回到了自己的桌旁。在找莉萨之前，最好能再和派遣工中介联系一下，进一步证明她的失望。

在一个正常的世界里——在一个卡伦的薪资水平更高、头衔更硬的世界里——她应该直接联系米莉，把问题说出来。可现在的情况不是这样，合同里写明了中介会负责处理他们雇员的问题。

卡伦写了一封邮件：

朱莉娅你好：

米莉有没有给你留下以下这些印象？她在莉萨－霍普工作时拖拖拉拉、效率低下，且本人对此不加任何掩饰。我刚眼见的一些情况让我更不愿意把她纳入我们的团队。我吩咐她粉碎一些敏感文件，我去后面文印室的时候，看到文件还没碎掉，就自己做了，但让我担心的是，都周五了她还没完成。我担心她连我简单的指令都应对不好，现在我对她有信任方面的疑虑。我们无法给她提供展销厅的全职岗位，我们可能需要在别处寻找能接替她的员工。我不确定米莉现阶段的职业目标是什么，但她似乎并不想在这个领域有所发展。

比信任危机更糟的是，她这个人待在办公室里已经让我有些不舒服了，这点我在本周早前发的那封邮件里就已经提及。她的着装和仪表不是很到位。在一个看重风格的工作场合，我们以特定的形象面对客户很重要。她在休息室的时候也是死气沉沉，并不友好，休息的次数还过多。守在电话旁不是个美差，也没什么乐趣，但对我们公司至关重要。

我强烈感到，米莉似乎并不符合你对"派遣工转正式工"候选人所做的担保。我希望我们可以协商一下，退还我方在她身上投入的资金。将来我依然乐意使用你们提供的服务。

我们会举办各种大型活动，我们要配备新的员工，而且我们经常需要人员来填补因产假和病假造成的岗位空缺。我和你之间的合作真是很棒的经历，没有任何不愉快，我衷心希望能继续我们的合作关系，然而，米莉并不是一个合适的人选。如果你能商定一笔诚信赔偿，那会有助于提升我对你们服务的满意度。

接下来我们愿意让米莉再干半个星期，只让她承担少量任务，周三左右就终止，但这取决于你如何回应我以上的担忧。

请让我知道你的想法，非工作时间也请随意与我手机联系。


祝好！
卡伦


钟表显示已经是下午五点二十五了，卡伦站起来锁上了展销厅的门，并把灯调到夜间模式。

# 第十七章

感觉相当好！

我胸口紧绷，胃里翻江倒海，好像在说："你确定吗？"但是我很确定。今天要做一些决定，毫无疑问！今天不要再想某些事情，毫无疑问！

我在卫生间的镜子里查看自己的脸，皮肤暗沉灰黄，牙齿的缝隙里变黄了，下面门牙的牙龈线很低，干裂的嘴唇像刷过漆一般，额上的毛孔粗大到都数得清，一条实实在在的皱纹将额头一分为二——那条皱纹始于我曾经浓密、如今依旧阳刚的两眉之间，往我的头皮延展，逐渐变细。当我去回想，或是别人从远处看（尽管当我透过窗户玻璃看到自己映出的影子时，我的眼睛显得尤其亮，下巴线条特别分明）我的模样，那并不是一张全无魅力的脸。没关系。我不会再为这些事分心了。我用打包封箱的胶带把枕套粘在了镜子上，我曾有一段时间需要用那种胶带，每当我搬家、寄包裹的时候。枕套的一角有一大块白色物质，是洗衣粉。我想起了中学时代，梅根·兰伯特，又高挑又漂亮，她大笑着，脸涨得通红，说她开衫毛衣上的污渍实际上是洗衣粉，并不是精液，哈哈，真是天大的笑话。我现在就像她一样，大笑着。哈哈。

我拿着一个垃圾袋进了卧室，翻找自己的衣服：太小的，有洞的，过时的，太新潮大胆的，太破旧的。袋子装满了，我把它放在公寓外面的走廊里，然后拿着一个新袋子回了卧室。

我扔了一双棕色的懒汉鞋，鞋底已经有洞了，黏满了人行道上的除雪盐——那还是去年冬天穿的鞋子。我依然留着高中时期的越野跑鞋，已经十五年了，不过只有轻微磨损。我拿着那双鞋，闭上眼睛，从实用和是否能让人愉悦的角度来揣摩它的价值。它进了垃圾袋。

我扔了一件脏兮兮的内衣，想着要给自己买一套漂亮柔软的睡衣套装。那是我现在喜欢的东西。第四个装着我衣服的垃圾袋放在了走廊，早上我精神更好的时候会把它们拿到楼下。

我找了一个箱子，把打包用的胶带撕成长条，我面向客厅。我不怎么在客厅待着，但之后我会，一旦我不再抽烟喝酒，开始阅读，或许再养只猫。

我找到了些小玩具：一个女人像踩着滑水板一样踩着两颗樱桃，那是我在健达奇趣蛋[1]里找到的；还有一小颗蓝色的塑料钻石、一副假牙、一尊亚伯拉罕·林肯的半身像、一块长着人脸的跳舞的曲奇饼干、一只陶瓷小青蛙。我不晓得自己怎么还留着这些东西，我为什么还保管着它们。我努力想着谁还在乎这些东西，但我想不出。

我墙上贴着一张裱起来的《失乐园》海报（波兰设计，场景来自一部我没看过的歌剧，在一个拍卖站点买的，很贵，石板印刷），我从没有特别喜欢过。或者当时是喜欢的。我拿到那幅海报时，它装在一个管状容器里，展开它时我问："是不是很酷？"詹姆斯回了句："还行吧。"

那阵子我尽力想让我们的公寓看起来更宜人。是一种无用的尝试，为了展现自己女人的一面或表明自己精神状况稳定。是为自己一直生气表示歉意，

---

1　健达奇趣蛋（Kinder egg），一种内含玩具的巧克力蛋，制造商是意大利食品商费列罗。

是我拿到艺术学院新发的工资后想显得慷慨大方。是一份送给他的甜蜜礼物。我买了情侣毛巾，还把我们的海报都装裱起来。我在家居店买了新盘子，粉刷了厨房，买了一块小地毯。在我的幻想中，詹姆斯会喜欢这一切。别人曾说我品味很好，但当我问他是否喜欢新买的毛巾，或者他有没有偏好时，他说他喜欢我们现在用的毛巾——上面已满是浅褐色的污渍，还耷拉着十二英寸的棉线。

改造公寓期间，我们俩的互动让我想起真人秀节目里那些冷淡又无趣的运动员和他们贪图物质享乐的老婆，那带着哭腔的"亲爱的，你觉得怎么样啊，你是喜欢锡铅合金还是白金啊"，以及一句沙哑的、几乎没发出声的回应"嗯"，做丈夫的低着头，紧张地搓着一头短发，从头顶搓到太阳穴，不以为意。

我感到自己既有母性，又很孩子气——前一分钟还咄咄逼人，后面又过分关心（"我只是觉得你可能会想要新的马克杯"），接下来可能会躺在床上哭（"有时候我都感觉不到自己的存在"）。

在不把他卷入单方面争执的时候，我会退下去，悄悄远离，思考着自己做错了什么，尽管我心知肚明。我知道自己太过火了，一直以来我都太刻薄，太以自我为中心，让别人难堪。我试图变得更和善、体贴的努力似乎是虚伪的，绝望又可怜的，甚至可以说是精神错乱。一个周六，我问他是不是想和朋友在酒吧见面，试图向他表明我对他的朋友并不是满心的厌恶与蔑视，他说我们就应该待在家里看 Netflix，因为我那么热衷于宅着。

那就是弦断的时刻，尽管在那之后我们又处了好几个月。

但那都是过去了。

我把石板画拿下来，把它转过去对着墙。除了植物和书，我把其余的东西都放进了箱子里，然后把小地毯卷了起来。

我想象着明天要和萨拉一起喝咖啡，真正建立信任，开始了解彼此，打破这持续一年的相处模式：喝酒，抱怨，产生误会。或许我们可以出去吃个早饭，打打扑克，真心去倾听，或者更理想的是，我们没什么要说的，只是静静地待在一起。

我给她发短信，问她想不想一起吃早饭。

"现在没什么钱去餐馆，但我有啤酒，你想喝的话我可以带过去。"

这恰恰和我的计划相悖，她仿佛是故意看不到那会有多美妙——那低调、朴实的美式松饼。

"那我们就找个地方喝喝咖啡怎么样？我们可以打打牌。"

"不是很喜欢打牌，老实说我没钱去喝咖啡。"

我生了一会儿气，觉得一定是因为她太缺乏想象力，所以才不能完全理解我的建议有多棒。如果我今天真的坦诚面对自己，每天都进步，那我根本不需要待在那种冥顽不化、缺乏想象力、思维不灵活，也不愿意让我来做主的人身边。没人曾让我做过我想做的事情，我总是很容易答应别人，所以一直都在说"哦，好的"，一直都在说"跟我讲讲你今天过得怎么样"，结果一次又一次地去做自己不想做的事情，扮演疗愈师的角色，用酒精挑战自己的极限，尽管我想要的是茶；假装感激我的工作单位，尽管在那里真的很受伤，突破我的极限，保持沉默，直到不可避免的事情发生，我怒气冲冲，不耐烦地说出刻薄的话。但我不需要这样的感觉。我想要快乐，我想培养友情，我想在见到萨拉的时候能开开心心，那才是我要做的事情。我很快乐！

我在考虑请她喝咖啡，但我又感觉那样正中她的下怀。我再也不会那么做（被操控），所以我没回短信。

我在看能给自己买什么衣服，心里想着做点沙拉，这时萨拉发来短信问："现在真是蛮无聊的，我今晚能过去吗？"

哦，好的！

我试着放松。在她来之前我不会喝酒的，尽管我手头上有几瓶不错的印度淡色艾尔，是我近期在Instacart上买的。我做了芥末调味汁配菠菜沙拉，我们可以一起吃。


萨拉发完短信一小时后到了，背包里装着四瓶常温啤酒。"门外面的袋子里装的什么？"她问。

"噢，只是稍微清理了下房间。"我说。

她挑了挑眉，点点头，跨过我装着小玩意儿的箱子和卷起的地毯。

她递给我一瓶啤酒，问我要支烟。我给了她一根，问她想不想吃点东西，示意放在料理台上大碗里的沙拉。她说："不用了，我不要吃那个，我不饿。"我点点头说"行"，然后把碗放回了冰箱里，什么都没盖。我们沉默着坐了一会儿。她嘴里吐出一口气，又鼓起腮帮子，像只猴，或是个深深厌世的人。

"所以……你最近怎么样啊？"我问。

她立刻犯了个错误，再度认为我会有兴趣听她讲故事，故事的主角是她同事和她那些我并不认识的亲人。

我都没有试着去听。我只是坐在那里，偶尔哼哼几声，"哦，是啊，克里斯，他听起来太糟了"，努力让自己保持清醒，喝酒喝得很快，希望酒能激发我对这段叙述潜在的兴趣。我试着插话，拓宽一下话题，那样我或许就能参与，但我尝试的结果是（"就像那部电影一样"）。她话锋一转，聊起一个黑暗的话题：她大学时期的一个朋友，很明显有自杀倾向，几年前遭受了创伤。

我想问问她对我打算下单买的衣服有什么建议，但我们从来没那样做过。我想"我真的很喜欢萨拉的衣服，那是我看重她的一点"，我采取了在网上看的一篇文章里提出的如何与人相处的建议：关注他们的优点。萨拉停下来喝酒，嘴里说着："呃，随便吧。"

我得抓住我的机会。

"是这样，我要买几件新工作服——或者几件普通的新衣服就可以了。"

"哦。"她说。兴趣索然，语气平平的。

"是的，我在想，如果我要投身于一份我并不那么热爱的新工作，我至少应该喜欢一些额外的好处。"

"他们给了你那份工作？"

"还没有，但我认为让自己在收到录用通知前做好准备是个不错的想法。"这在我听来很合理。几乎是真实的。

"我现在不太能买得起衣服，"她说，"我几个月前买了这双袜子，真的很贵，但是我一周能穿三次。"

我看着她的袜子，告诉她，这些她之前已经提过了。

"但无论如何，"我说，"我并不是很有钱或怎么样，只是我所有的衣服都太小了，还有洞和污渍。"这点她是知道的，所以我不明白为什么她看我的眼神好像我是他妈的法国国王。"而且我想搞一点新东西。我不知道，我觉得这会有帮助。"

"当然啦，蛮好的。如果你有钱，又没有学生贷款或账单要还，为什么不买呢？"

我盯着她。她说她得去尿尿。她离开期间，我盯着橱柜，无精打采。她回到桌旁的时候，问我是不是打碎了卫生间的镜子，我说："哦，是的。"

我们聊了一会儿，我看到她在朝我肩膀后面张望。

"那张支票是什么？"她问。总的来说，这有些没礼貌。

"啊，那是工作上的。我碰巧带回来的。就是我跟你讲的碎纸项目。"

她做了个鬼脸。"你把工作单位的支票带到家里来？似乎有点冒险。"

"没有，我把别的东西带回家了。"我将放在冰箱顶部的邮件拿下来递给她。"我拿回来的是这个。"她浏览着邮件。"这是一封解释某人为何被炒鱿鱼的邮件。"

她咕哝了一声，然后把那张纸放下了。"你为什么要拿这玩意儿？"

"我不知道。当时在我看来很好笑。我觉得自己很想看一看。"

"我只是觉得似乎挺冒险的。"

"嗯，你已经说过一遍了。"

"我的意思是，如果你要全职在那里工作的话。"

"这真没什么大不了的，"我说，"我觉得没有人会留意我在那里做什么。而且我已经是全职了。"

我站起来弯下腰，打开冰箱，看着那张支票。房间里一阵少有的沉默，我打开一瓶啤酒。

"我能给你看看我想买些什么吗？"我问，"就一些衣服。"

我意识到她并不能真的拒绝，即使她想那么做。尽管她从头到脚都在尖叫着说不，她还是不能真的说出口。

她做了个鬼脸，很像点头同意了，嘴上没有反对，所以我拿出了电脑。我想让她答应。我想让她在这件事上帮我一把。这应该很有趣。我会很乐意帮她打造一个更有职业气质的外形，如果那是她想要的。共同制订一个计划，或解决一个问题，是朋友会一起做的事，这有助于建立互信关系。

我给她看了一件格子罩衫、一双厚连裤袜、一件开衫毛衣、一件大号的高领毛衣、一件带纽扣的衬衫，还有一双仿麂皮手套。她勉强对着那件衬衫说了句："噢，这件很可爱啊。"

"我挑衣服的眼光真的不行，"我说，"我也急需一件外套，但我不知道该选哪件。"

她说那些衣服都还好，接着跟我讲我不应该担心这些。她说或许我应该等拿到工作录用通知再去买衣服。我问："但你认为我应该买这些是吗？"她说："是的，这些衣服挺好的。我是说，如果你有钱买的话。"

这个晚上跟计划的不一样，我们喝光了所有的啤酒后，又换上了烹调用的雪利酒。老实说我甚至都不能确定那是不是酒精，但它尝着有酒味，特别是第二天早上在我嘴里。她还是想聊些什么朋友啊，有些吸毒问题的家人啊，我向前倾了倾，说："是不是你们关系很好，所以你才对此耿耿于怀？"我用手托着下巴，皱着眉头。"这真的每天都会影响到你吗？"

"啊，我是说，没有，我们没那么亲近，我只是一直担心这个。"

"是不是因为你觉得克里斯没有正确对待你批评他管理事情的风格，所以你才想着这事儿？你是不是一直感到，你表兄的遭遇和你的挫折之间有些什么联系？"

"我是说，既然你提到了。"

"对于这些情况，你最好的做法就是坦然面对。从容接受。你控制不了别人——你可以把这点当成准则。"

她再次热切地从头讲述那老套的故事，我看到笔记本电脑在厨房的料理台上闪着光，在召唤我。我应该下单买那些衣服。我记得自己脑子清醒时做的最后一件事就是想着要下单。

早上，我躺在床上，只穿了裤子，零零碎碎的记忆开始浮现。萨拉讲了恰好在她"升职前"发生的某件大事，还有她和另一个朋友都"被升职"时，两人之间是如何争吵的。我肚子里的蛔虫打着旋儿，叽里咕噜地念着"升职"，小声对我说我不会升职，我的升职才是要加引号的那个，微小的声音对我低语，说一切似乎都有点冒险。

在我为自己的新生活选购几件新衣服的时候，萨拉再次讲了她那传说中的助学贷款。

还有几个我不认识的人的无聊故事，道听途说的八卦，死记硬背的独白，空洞的装可怜。嘲讽。每个人都要挨几句嘲讽。

我的头嗡嗡直响，好像有什么东西要闯出来似的。我记起自己原本想让今天过成什么感觉，那记忆被转移到了实际发生的一切之上。没有安安静静地跟萨拉一起吃个美式松饼，只有更深地、盲目地厌恶她。我仍然努力想让梦想成真，也许仍然可以完成大扫除计划，仍然可以报名上瑜伽课，仍然可以，仍然可以。这些想法让我恶心得想吐。我走进淋浴间，几乎晕了过去，脑海中浮现这么一幅图景：我扼住了今天的喉咙，把它的脑袋往墙上撞。

几个小时过去了。我穿上外套，戴上其他冬季必需的装备，离开了我的公寓。尽管异常寒冷，太阳还在当空照耀。我去了街对面的公园，高中生在那里上体育课。我走在公园周围的水泥小路上，路两旁是光秃秃的树，小路环绕着一个小棒球场、一个篮球场、一个废弃的社区花园。我一边走，一边感到周围的风景向我扑来，而不是我行在其间。我几乎感觉不到自己的身体在移动，树木向我袭来，我感受着这三维空间，一棵灰色的矮树移动着，从我身边滑过；电影院、过山车，在小路的拐角处，我看着车库、后廊、垃圾箱、电线在视野中时隐时现。几乎超然。最后我感觉自己终于冷静了下来。我感觉脸放松到我几乎觉察不到自己还有脸。

我看到公园里有一只狗。我看到孩子们穿着鼓鼓的外套在运动场上玩，他们的父母，也可能是保姆，坐在长椅上边聊天边看着他们。一切都被脏兮兮的雪覆盖了。

我围着公园转了一圈又一圈，想着自己的处境。评估着自己的生活。我要去哪里？我要做什么？

我几乎感到自己飞了起来，轻盈又自在。

我绕圈绕了可能有四十分钟，直到一个穿着马球衫、戴着哨子的女人向我走来，一脸微笑。

"今天过得咋样啊？"她问。我不知道让别人与你交谈是不是真的那么容易，放松是否真的是社交的关键。

"我挺好的。"我说，并不想停下来，感到自己就要从她身边走过去了，但是她挡住了我的去路。我正按着一条特定的路径转圈，只好不情愿地放慢了速度。

"所以今天过得挺好啊？"她又问了一遍，语气很有力，我几乎立刻就认为她心怀恶意。我开始紧张了。

"是的，今天过得蛮好的。"哈哈。

"今天喝了点小酒。是不？"她问。

"喝酒？噢，不，不，当然没有。我只是想清醒一下头脑，在公园里散散步。"我说。然后，我指指肩膀后面，似乎这会改变什么似的，说："我就住在那里。"

"你好像一直在绕圈子，跟跟跄跄的，一个小时了。"她说。我看到她身后的运动场上有一家人。那家的儿子扔了一个脏兮兮的雪球，他蓬松的外衣不自然地摇摆，他妈妈紧闭双唇看着。我知道她是在做给我看。去你妈的，我心想。去你妈的。

"跟跟跄跄，我不确定，"我说，"我这周工作很累，感觉过得很漫长，我只想锻炼锻炼。"这句话说出口的时候，我觉得这听起来完全合理。语调完美。如果我们在打电话，带着这样的语调，这样的发音，我可以要到她的支票账户号码。或者搞到她一些健康方面的详细信息，取决于语境。

可我们没在打电话，这里的语境很清楚：她，婴儿蓝芝加哥公园区马球衫的下面穿着白色保暖内衣，戴着一只哨子和一根钥匙卡挂绳，穿着那种走路时会发出窸窣声的慢跑裤，嘴里吐出阵阵雾气，一根扎得很紧的辫子几乎就在她的头顶心，看上去很不饶人；而我，穿着棕色的男士外套，衬里就垂在底部露在外面，还有厚长的运动裤、廉价的雪地靴——尽管我以为她会就我穿的运动裤说几句，借此找到我们两人的相似之处——而且我的头发很明显没有梳，因为洗过澡，有些还冻住了，尽管大部分都盖在我从一元店买的绒线帽下。要是我戴着眼镜就好了。一个人戴着眼镜便能逃脱很多责任，真是神奇。

我想象她接到一个对讲机呼叫，是关于我的，我这个奇怪的跟跟跄跄的男人／女人，然后她会从运动场更衣室的窗户朝下望着我，决定要摘掉对讲机，直接下来到这儿，把我带出去，就像人们说的，搞定她；接着她冲下楼梯，全身都动起来了，胳膊肘上小小的关节，胳膊上小小的气动泵。我无比流畅的说话音调并不能让她相信这整件事里我有多无辜。

"啊，也许你想去其他地方锻炼，你可以等感觉好点的时候再回到公园来。"

"我感觉挺好的，"我说，"不过我也不想惹什么麻烦。"说这番话的时候，我的身体感到极其放松，以至于我差点要大笑起来。我感觉很轻松。我感觉如果我优雅地举起手，握成杯状，慢慢地、不那么用力地朝这个公园管理员的脸上扇一巴掌，也不是没有可能的事。

我们俩都没有要离开的意思，也没有再讲话，这实在太怪异了，使我脸上堆起了笑容。

"噢，好的，行吧。"我说，想到自己才是应该离开的那个。她在这里工作。我心里想着"拜拜"，但并没有说出来。我直接走开了，朝奥古斯塔走去，那是和我公寓相反的方向。也许她会认为我说自己就住附近是在撒谎，但这就是每个人都会鼓励他人不要过分担心的小事之一——谁在乎她怎么想我的公寓。她提到了酒，让我很想到当地的酒厂，来一瓶他们最好的酒，但或许我更应该去泡个热水澡，你怎么想的，长官？噢，女士，泡热水澡棒极了，但我偶尔会好奇，你一个人泡澡会不会太孤单。先生，你不能和我一起放洗澡水吗？啊，女士，如果是现在的话我可以，但是在散步和泡澡之间可能会发生太多事了，所以不能许下什么承诺，那些愿望也许不能实现。

开始下小雪了，一片片小雪花亲吻我的脸颊，我的嘴唇，甜美的情人，撒在我的头发上，给因焦虑而出汗的我带来凉意。我穿着带洞的靴子，靴子里的袜子都湿了，这场雪为那湿漉漉的感觉增添了点节日的氛围。我深深地吸了一口气，想象着雪花填满我的大脑，然后是胸口，然后是胃，最后我再从嘴里呼出来。

卖酒的店还没有开门。我漫无目的地又走了一会儿，这段时间里要是能碰到熟人，喝上一杯加香料的热苹果酒，就真的是神的恩赐了。但那也是最糟的，因为我没穿内衣；也没刷牙，因为我怕水里可能会尝出水银的味道。没来由的、让人眩晕的恐惧填满了我的内心。我可能要昏厥了。我想起我买的新衣服周二会送到，于是我说："噢，真不错啊。"声音很大，但不是对任何人说的。我想起我忘了给贝丝回短信，我笑笑，决定不对自己太苛刻。

# 第十八章

我再次走进设计展销厅。一切都在进行中，等等等等。我发现自己还是有点宿醉，尽管我并不记得玩得有多开心。或许是因为周一而不是宿醉。或许是因为埃德温·麦凯恩，还有日光平衡的荧光灯，而不是因为所有我做的决定带来的后果。我努力让自己有积极向上的感觉。

卡伦朝我桌旁走了过来。

"嗨，米莉。今天我要把接到你这儿的电话转接到我桌上。我们的管理员，啊，实际上他并不是真正的管理员，但他帮我们把一切都收拾得干干净净的；他今天出去了，我希望你能转一转，把每张办公桌旁的垃圾袋收好，然后拿到地下室去。你觉得可以吗？"

"当然。"我说。

我想，这就是成为正式员工要面对的。这些额外的、不固定的任务。

她领我看了一个橱柜，黑色的大袋子就放在里面。我笨手笨脚地挨桌收垃圾。同事有的瞥了我一眼，有的冲我点点头，有的说了几句好话（但不多）。袋子很快就变得又大又笨重，期间我手里拿的大垃圾袋蹭了一个同事的肩膀，她当时正在打电话，接着她耸起肩膀，整个人退到一边，眼睛睁得大大的。我这会儿不想道歉，但是决定如果我在走廊、卫生间或是休息室里碰到她，我会道歉，并把事情说清楚。

我乘电梯去地下室。我手里拿的垃圾袋和我占了三个人的空间。我并不介意做这项任务，一点都不，今天不介意，因为今天我心情阳光，对未来感到乐观。

我以为电梯门一开就能看到大垃圾桶，然而事实上并没有。于是我在二楼的美食广场散了散步，提着我装满揉成团的纸、星巴克双份浓缩咖啡的空罐子、纸巾和湿餐巾的大垃圾袋，像个难以管教、要受惩罚的孩子。此刻我为自己的丑态感到尴尬，然而一直以来，我时时刻刻都被彻底忽视，这点让我很吃惊。我觉得自己应该去做小偷或杀人犯。

最后，我找到了大垃圾桶，在把袋子扔进去的时候，垃圾里的汁液溅了我一身。


并不是所有的楼梯、电梯和自动扶梯都会停经每一层。电梯的这种设计让人晕头转向。我总是迷路，总体来说，我在这栋楼里要集中精力真的很难。我花了大约二十分钟才找到回展销厅的路。在一个楼梯间我觉得我快要哭出来了，而当我终于找到夹层时，我想停下来，拿比萨拍自己一脸，但我忍住了。

当我再次走进展销厅时，卡伦起身向我走来。今天的电话非常少。有人告诉过我这在周一很常见。所以我为什么不结束今天的工作，把剩下的时间用来休息呢？我胆怯地问还有没有别的事要我做，被简短地告知，没有。

"好的，那么，明天见了。"我说，声音有些忐忑和尖锐，一边像孩子一样地笑。

我走回工位去拿衣服，关了我的电脑。我离开的时候，拿着一个小的白色垃圾袋走到卡伦桌旁。

"忘了倒你的垃圾了！"我说。

我蹲在她桌子下面，头和她坐着的屁股齐平，取出一小包垃圾——一个Harry & David[1]家的梨核、一把黑色的塑料刀、几张已经撕碎的粉色便笺——我重新在那个网状金属垃圾桶里放了一个塑料袋，仔细地系在桶边上，不慌不忙地把这一切做得很完美。她连一句"谢谢"都没说，也没客套地祝我今天剩下的时间过得愉快。然后我走了，带着她的那包东西到冰冷的街上，塞进列车轨道下面的"大胃王"[2]太阳能垃圾压缩机邮筒式的口里。我走回了家，后悔没拿那片比萨，实际上不用付钱，如果是在上班期间慢慢吃的话。

　　有那么一小会儿，我想到了文件和碎纸，但很快就忘了。

　　我一路走回了家，路程接近两英里[3]。我一边大步走，一边感到脸上的痘坑里分泌出了油脂，在寒冷的空气中，我脸颊上供血不足。

　　到家的时候，我感到烦躁不安，常规生活被打乱了。

---

1　美国一家鲜果和巧克力礼品供应商。

2　"大胃王"（Bigbelly），美国一家废弃物处理公司。

3　1英里约合1.6公里。

我瞥了一眼卫生间里的那面镜子，上面还盖着枕套。我笑了笑，以哑剧的形式装作给自己补妆。

　　我泡了茶，把暖气调大，感觉自己赚钱毫无意义。我思考着——因为我还不知道，我还是个快乐的傻瓜——这是否就是固定员工的日常，工作少时就可以提前下班。或许那真的很不一样。我在公寓里来回走动，等着外面的光线变暗，等着恢复我痛恨的日常，能给我些许安慰。


　　我在网上读了一篇题为《七种解压方式》的文章。练瑜伽和锻炼都在这个列表上，似乎是个不错的主意。离我公寓十五分钟路程有一间工作室，我决定打个电话，开一个月的会员。80美元可以不限次上晚上的课程。我可以带着我的瑜伽服去公司，过后去上下午五点四十五的课程，然后平静地，饿着肚子回家。

　　电话另一头的女人努力想说服我办张年卡，但是我告诉她——尽管我是个靓妞——我还是想先试一个月，看自己是否喜欢再考虑升级我的卡。我很有礼貌，问她对于新会员，是不是只有一次打折办理年卡的机会 她说价格会有浮动，不过——我假定她这么做是因为我太讨人喜欢了——如果我有耐心，可以在春天找到一笔和现在一样好的交易。我告诉她我可能对年卡会员有兴趣，不过还不确定自己长期的财务状况和居住地。她完全理解。她问了我借记卡的信息。打电话期间，《法医档案》里艳粉色和霓虹蓝的背景一直在我电脑上播放，电脑设置了静音状态。节目中的场景切换到一条由防卫造成的、很深的伤口，那道伤口是真的，在一个女性死者的手上。接下来的镜头是一个活着的女人，她冷酷，饱经压力与岁月的摧残，喷了发胶，化着妆，抽着香烟，喝着酒，明白她生命中的决定性时刻来过又溜走，跟她一点关系都没有，算不上有关系，更不直接相关；她在那间显得虚假的粉色房间里边点头边说话，身后是一株模糊不清的蕨类植物。

在我看来，这更像是一档有关结构与表象的节目。丈夫们打 911 报警（他们喜欢演这一出），男的尖叫道："啊，我老婆我老婆，她死了，或是出事了！她在楼梯上，或者在浴缸里！"声音很轻快，带点侮辱性的脂粉气，好像在说"如果我能像女孩一样尖叫，做这种我从来都不会做的事情，他们就会认为我真的吓到了"。我们喜欢透过表象看问题。

这是我们拥有得更久的东西，相比于有意识的思考，我们能够下意识地判断出某人在对我们撒谎，比如当詹姆斯跟我讲，他在公司一整天什么也没干时，其实他只是不想和我说话而已，不想再将我融入他的生活。

能从声音中听出谎言让人心满意足。

在这个节目里，我们在闯入者身上，在他们的忧虑中，在他们对死亡事件的过分渲染，以及这个事件对他们夸大的意义里，能够看出他们都在撒谎。节目组真的认为我们会相信这些受访者和同事很亲近吗？当听到他们说珍妮是"办公室之光"时，我们应该相信吗？而不只是"啊是的，没错，珍妮嘛……"

一切都以某种怪异的方式排练好了。人们费那么多时间小题大做，以至当真正的悲剧发生时，我好奇怎么会有人能自然地表达他们的悲伤。我们磨炼自我以准备好去面对的悲剧，一年一年却从未发生，消极的幻想一点一点消磨着我们，所以当打击真正来临的时候，我们内心没剩下多少力量去在乎了。

接受采访的那些同事和邻居，他们的不真诚让我恶心。我几乎可以看到,"我告诉过你,我的人生将承受巨大的悲痛"下面覆盖着"但是为什么没人对我的悲痛予以足够的关注",正是后面这句话让这些人报名接受那些付费采访。接受采访是很多人的一大幻想(至少在我看来,大多数人谈话的方式,好像每一句专注于自我的陈述都付出了巨大代价,别人会带着极大的兴趣去听),所以他们自然愿意听从安排,因为在某种程度上,他们从小就一直在心理上准备着某种访谈。

我们心里大多都在想自己,等着有事发生,把它表演出来,身体和外在的世界仿佛都不存在,尽管那与我们息息相关。

这正是我认为瑜伽课也许对我有好处的另一个原因。我谢过接电话的女人,挂断电话,取消了视频的静音。我觉得我之前看过这集了。我期待着做拉伸。我提醒自己从现在开始要如何思考。我要练习感恩与接纳。我要大胆一点,让自己置身其中——走进我的身体,走进现实世界。

我努力地想哭,想着未来我的生活不再那么一团糟的时候,我会心怀感激的事情。

# 第十九章

卡伦要做劝退米莉的陈述报告，她已经准备好了文件。

米莉像只该死的癞蛤蟆一样走了进来，穿着那件劣质的粗呢外套和覆满除雪盐的靴子。只是看着她就能闻到一股臭气。

卡伦的胃一直紧缩着。她能听到另一间屋里莉萨的声音，深沉沙哑又刺耳。泡酒吧的人，或总是在游艇上喝酒的人才有那样的声音。有些不相称。如果卡伦坐上够高的职位，需要招待客户，她不会带他们去酒吧，而是会去吉布森斯牛排餐吧或阿特伍德餐馆。她将穿着修身的衣服，和男男女女调笑；她会暗中保证，自己绝不会营造出一种姐妹会的氛围。她意识到那是赢得客户信任的一种方式，然而抽烟、喝酒、大喊大叫——她认为莉萨就是这么做的——都不是她的风格。

卡伦调节着呼吸，让自己冷静下来。她有邮件要发，然而不把这个会开了，她就无法集中精力。没人按计划来。会面安排在了九点半，现在已经九点四十五了。好像除了等着莉萨和霍莉结束她们废话连篇的会，卡伦就没有正事要做似的。有时她觉得自己是在一家日托中心上班。

纺织部的帕蒂和阿曼达是最糟糕的。当客户来开纺织品会议时，她俩会坐在桌边玩糖果传奇[1]之类的手机游戏，查看自己的脸书，更新健身房会员信息，谁知道她们在干什么，客户就会在大厅里卡伦的桌旁转悠。每到那时，卡伦就得同他们寒暄，不得不试图表现得非常讨喜，这样客户就不会留意到他们已经等了二十多分钟了。

卡伦的薪资等级不高不低，如此一来，她在这些情况下就无法施展自己的性魅力。她更喜欢按照一种更为严格、平等的方式来交流。她不会去阿谀逢迎。她不想谈论天气，不想对这些人说他们身上的外套有多"华美"，或是和他们聊他们的假

---

1 糖果传奇（Candy Crush），一款风靡全球的糖果消消乐手机游戏。

期。她想把这些人指引到他们需要去的地方，帮他们安排探店日程，如果可以，协助他们下订单，然后不让他们再来烦她。可是，目前公司运行的方式是莉萨自上而下地纵容偷懒，因此以上这些并没有发生。

卡伦会和他们握手，明确表示她很开心他们能来自己的展销厅（任何可能传达出一种孩童般"喜悦"的表述或肢体语言，她都不会使用），说他们可以随意问她任何问题，并给他们提供饮料，请他们就座。然后回去工作，表现得很平静，不让自己的愤怒引起注意，同时用内部信息服务系统跟纺织部联系，问："你们上周收到我通知客户会议时间的邮件了吗？某某某正在大厅里，我不想让他们等太久。请给点指示。"接着，没人回应，于是继续道："我想告诉某某某他们需要等多久，请给点指示。"

已经快到上午十点了，距原本安排的开会时间过了将近三十分钟。卡伦走到霍莉的办公室外，敲了敲门框。"我没有打扰吧？"

"没，快进来。"霍莉说。

莉萨在查看自己的手机。

"我想谈谈有没有可能再次在这里开展实习项

目。我知道我们已经在夏天做过了，当时我们的实习生还没在这儿转成全职，我们就放她走了；不过我一直在做调查，我真的认为要找一个能够完全融入办公室的前台助理，这才是最好的方式。"

"卡伦对现在这个派遣工一直很不满意。"霍莉说。

"噢，好吧，没什么稀奇的，"莉萨说，"有什么问题？"

"信任不够、沟通不畅，还有工作能力差。"卡伦回答。

莉萨挑了挑眉，耸了耸肩。"好吧，那我们就换掉她吧，这没什么。"

莉萨似乎没有留意开展实习项目的建议，卡伦有点沮丧，她说："我对此负有完全的责任，问题是我们没法再找一个派遣工。我们雇用派遣工时使用的中介有两周的试用期，过了之后，费用就不能退还了。"

她们都盯着她，不明白为什么要听这个。

"我们已经过了两周的试用期，所以我们现在是亏损状态。但我正在设法说服中介赔偿这笔费用，如果他们拒绝赔偿，有了这个新的实习项目，我们也可以在一个月左右弥补回来。再说一次，我对此负全责，我王努力修正这个错误。"

霍莉查看着她的手机，莉萨张开嘴巴，好像要说什么，然后看着卡伦身后的墙。

"等等，我没搞懂，"莉萨说，"她是做什么的？"

"她是我们的前台助理。"卡伦回答。

"所以她只是接接电话？"

卡伦的怒火涌了上来，随之而来的是带着戒备的敌意，从她的声音可以微妙地察觉到。

"啊，一开始，我是希望能让她做更多工作。可是我给她分派简单的行政任务，她都几乎没有完成。"

"你和她聊过这些了吗？"

"啊，她态度太随意了，所以我不确定那样做会有多大好处，也不知道在我分派给她有截止日期的任务时，怎样才能让自己的意思更清楚。最重要的一点，她实在太邋遢了。周五的时候，我注意到她把人力资源部门的一些敏感文件丢在了公开场合。老实说，我觉得我们没什么进一步培训她的必要了，不过对于把她招进办公室，我负全部责任。"

莉萨似乎转了转眼珠，但几乎很难察觉。"霍莉，你怎么看？"

卡伦的肾上腺素升高了，她在角落里站着，太阳穴突突地跳，她需要吃东西。

霍莉叹了口气，举起两只手，又让它们落回腿上。"我不知道，我从来没和那个女孩打过交道，但我从来不迷信派遣工中介。总爱他妈的宰人，可结果招到的都是些心怀不满的失败者。要不回费用挺吃亏，但我赞同让她走。我是说，卡伦，如果你真的认为她不中用。"

"我是这么认为的。"卡伦说。

"好吧，"莉萨对霍莉说，接着转向卡伦，"好吧。"

"太好了。冬季实习马上要开始了。我觉得我们很有可能找到一个能保证待满一整个春季学期的人。我想，雇一个从事过设计工作，并且可能有兴趣从管理的角度去学习公司如何运营的人，会很有用，我们很快就可以把在派遣工中介那儿损失的钱补回来。"

霍莉和莉萨无意掩饰她们的厌倦。

"我掌握了所有学校实习项目的一些信息，包括开始的时间、我们这边需要做的事情。"卡伦拿出几本装订好的文件资料，两个女人浏览，她们翻得那么快，估计一点也没看进去。"如果可以的话，我保证这周末可以安排几个面试。"

"等会儿，你说什么？"莉萨问。霍莉低头看着纸页，心里想着别的事情，一档她看过的电视节目，寻思着再接着看。

"实习项目，"卡伦说，"当地大学的。"

"找前台接待？"

"啊，这会是一个更大的艺术行政与管理实习项目的一部分，"卡伦说，"能让我有时间做特殊项目。"

莉萨一脸困惑。

"我们可以研究研究，"霍莉说，"不过与此同时我们暂缓一下。"

"明白了。"卡伦说。

似乎这两个女人都在等卡伦离开，可是她还不走。"还有什么别的事吗？"霍莉问。

"是的，我的确想和你们俩说一个我的想法，有没有可能为现有的客户和潜在的客户办一场鸡尾酒派对，类似募款的模式，但只是作为提高我们知名度的一种方式。我认为打开空间，邀请人们进来会非常棒，努力让今年成为公司在中西部真正出彩的一年。"

莉萨摇头晃脑的，像一个儿童玩具，说道："嗯……"

霍莉强忍着不皱眉头，那个动作不知不觉变成了一个眨眼。"我们为什么不稍后再讨论这个呢？一步一步来。"

"我的想法还没完全成形，但我想知道你们是不是有意愿。"卡伦说。

"可能吧，"霍莉说，"现在讲完了吗？"

"是的，差不多就这些了。我会收集更多实习信息。而且，为了了解那个派遣工的时间表，我目前把她那儿的电话转接到我桌上了。如果工作量处理得了，我会尽快打发她走。我乐意早来，弥补我这边损失的工作时间。"

"呃，行啊，没问题，"霍莉说，"听上去都很好，谢谢你。你想怎么做都可以。"

卡伦走后，霍莉看着莉萨，笑着耸耸肩，两个女人大笑起来。

"唉，真让人搞不懂。"

"呃，你知道的。她是非常……"

"她不就是接待员吗？"

"唉，你知道她真的是个积极进取的人。我很清楚我们不会在这里开派对。"

"我就知道你很清楚。哇，听起来好像她自己想做那个实习生。你觉得她是这个意思吗？"

接着她们又开始笑话她。

卡伦回到自己桌旁，一边吃酸奶，一边看日历。如果按照计划 周三，也就是明天让米莉走，那大概就会有十天没人帮着接电话。之后实习就开始了，卡伦的总工作量会随之改变。

她调整了霍莉的日程表，给几个销售代理发了邮件，接着再次幻想着开启客户简讯业务。毫无疑问，实习生一定可以帮她顺利开展起来。最终她会想重新设计公司的商标，但那会是一场更大的战役，所以要等到一切进展得更顺利、更稳定之后。

她打开浏览器的隐身窗口，读与品牌意识、简讯，以及艺术管理相关的文章。

人们开始一个接一个地下班，低头看着手机，结伴而行，或一小群人一起走。米莉独自离开了。一片垃圾从她的外衣口袋里掉了出来。等米莉的身影一消失在大厅，卡伦就走过去捡起了那片垃圾。

是一张购买奶油芝士面包圈和大杯咖啡的收据。卡伦在走回办公区域的路上把它扔进了垃圾桶。它被遗弃了。卡伦来到米莉的桌旁，看到几堆凌乱的纸，一个笔记本，上面是鬼画符似的笔记，桌上还有两个脏兮兮的咖啡杯。

卡伦上通勤列车的时候，对自己这天取得的成果感到满意。她冰凉的手指握着列车上的扶手杆。

# 第二十章

周三了，我醒来的时候奇怪地感到精力充沛。

我昨晚大约十点睡着的。我定了六点四十五的闹钟，那样我今早就可以跑跑步。我睡得不太好，也没有睡很深（通常我会），我想这就是为什么我只另外眯了三十分钟就醒了。

我穿上运动内衣（我高中就开始穿它，时间已经让它宽松到可以适合我现在的体型），又套了一件我小学——华盛顿武士[1]——的特大号长袖运动衫，我要反着穿，好把我母校简陋的校徽藏起来。

我坐在地板上做拉伸，感觉身体僵硬又臃肿。七天里练了不止一次，虽然痛苦，但对我而言依然是别有成就感的时刻。我躺下，有气无力地做了几

---

1　华盛顿武士（Washington Warriors）是一所基督教学校。

个卷腹。我只能靠想象在多加练习后，接下来会容易些，才能继续练下去。我在心里记下，要带着瑜伽服去上班。

我戴上绒线帽（完成了自己时髦别致的造型），把脚塞进我的"时尚运动鞋"里（青绿色的，或许不适合正经做运动），把家里的钥匙放进胸罩，抓起我的耳机，然后离开公寓。

说跑步感觉很好或很糟都不太对。

地上残存着一点冬天的雪泥，还有比较滑的地方，除此以外路况还行。跑了不到一个街区，我就感到身上如刀割一般，我敢肯定，大多数身材走样的跑步者对这种感觉都很熟悉。我感到身上的赘肉在汗水下弹来弹去，而汗水开始从我的皮肤内渗出来。我能把身上这种难受的弹动想成是赘肉正在被我的血流氧化，脂肪细胞发热，然后马上溶解。我想象着用不了多久，脂肪细胞就会彻底消失。也可能会炸裂，不管它们以什么方式。我会有一个新的身体。

我意识到自己目前的步伐只能算快走，所以我努力直起身板，开始健康地慢跑。我深呼吸，寒冷的空气刺痛喉咙。我尝到了血的味道。喉咙怎么会出血呢？我不知道，但我记得之前天冷跑步的时候也有这种感觉。我并不担心。

我看到人们起身朝列车走去，他们手里拿着保温杯——不是纸杯——我寻思着再过不久我就可以像他们一样了。

一个年轻女人，穿着合身的外衣，头上扎着金色的马尾辫，从我身边走过，我看着她的身影渐渐变小，然后拐到附近的一条街上。我脑中闪过跟踪她的想法，但我的腿自己向着离原定目的地差了三个街区的达门车站跑起来。到了达门后，我感觉自己要在加油站停车场吐血了。

我没戴手套，手指紧抓着运动衫破破烂烂的袖子，袖子不经意间变成了米色，闻起来像石膏像的内部。已经冻住的耳机线老是从耳朵里掉出来。

我以为自己至少能跑三英里——我读到的文章说那是跑一次步的平均水平——但我只跑了大约一英里。我开始走路。

回到公寓后，我感觉自己可能要晕倒了，这并没有夸张。

我看到我门外那个白色的垃圾袋，仅仅是想到要碰它，就让我感到恶心。

屋里面，暖气还开着，汗越流越多。我脱下运动衫，扔到地上。室内空气里漂浮的尘埃黏着在——或者说感觉黏着在——我的身体上。我一瘸一拐地走到厨房去喝水，绕过啤酒瓶和我订购的衣服附送的纸箱。我觉得每喝一口水，就有黏液从喉咙和嘴里流出来。

淋浴很痛苦。蒸汽很快就来了，我觉得太热了。我脱下鞋子和运动裤，放在地上的垃圾桶旁边。淋浴的时候，我觉得自己需要喝更多水。

我把潮湿的法兰绒枕套移开，看着镜中的自己。我的脸红通通的，肩膀看上去发黄，像蜡一样。我的五官看上去又小又挤。我尽最大努力给自己搭配衣服，去除自己身上的异味。我用吹风机把头发吹干，化了淡妆。我煮了咖啡，扔掉了香烟。我喝了一杯咖啡，然后把壶里剩下的倒进下水道，又给自己泡了点茶。我内心差不多算平静。我并没有特别为自己感到难过，我真心为这点欣慰。

我把自己那套最不丢人的睡衣放进了包里（要练瑜伽），然后去上班。或许我能用安宁来形容自己的感觉。

工作上，一切都基本没什么变化。我在休息室给自己倒了一杯咖啡，决定如果/当自己被雇用了，我会带贝果和奶油奶酪，或许甚至带一台廉价的烤面包机来。从一个房间走到另一个房间的时候，我能感觉到自己的仪态。很笔挺。我在网上买的其中一套衣服——一条黑色的铅笔裙，配苏格兰军团格纹毛呢系扣衬衫，上面线条清晰，是用非常轻薄、看上去很专业的棉布做的——已经送到了，我现在正穿着。我的头发松松地盘起来，用一根褪了色的霓虹橙色发带绑着，是我在做上一份派遣工时，趁午餐喝酒在边上一家少女服装店买的。我的发髻又沉又痒，最里面还是湿的。我懒散地想着要去剪头发。我感到整洁。我站在文印室里，收集好材料准备放进邮件封套，并把它们整整齐齐地放成一堆，用回形针夹好（小的一头在上面，大的一头在下面），想着涂白色的指甲油是不是太过了，自己是不是年纪大了不适合这个颜色，或者涂成那样有没有什么用处。我的双手蹭过一摞摞文件，手指感受着宣传册光滑的印刷质地。我整理了十五袋文件。

我清理了自己的桌子，查看了公司的网站，知道了它成立于哪一年，为哪些公司做设计，还看了

《Home Beauty》和《ELLE 家居廊》杂志上 CEO 的几份简介。我转接了电话，感到自己说话的声音平静而流畅。我使用了扩声系统，有点紧张，但没有特别紧张。我感觉良好。午餐时我在美食广场喝了汤，买了一包口香糖和一瓶水。我知道自己不应该买瓶装水，但是握着它，把它放进包里，让我感觉不错。我围着这个街区散了散步，然后直接回去了。电梯间里，男人们在大声谈论业务，相比于感觉像只癫蛤蟆或是个异教徒，我觉得自己幸福地被当成了透明人。我跟卡伦打了声招呼，她挑了挑眉毛作为回应，然后又转过去看电脑了。

下午一点了。还剩四个小时，还行。我在网上看了几篇文章，我一定已经在无意间注意到，那摞要碎的文件和碎纸机已经从我的工位移走了，但我不记得自己提过任何要求。我看了自己的星相，拿了一本带有公司商标的笔记本，用它来写下给自己设定的一些目标。

我看到我有一封派遣工中介发来的语音邮件，我听了。朱莉娅让我下班后赶紧给她打电话，因为她有关于我职位的最新消息。她跟我说了她的手机号。我很开心早上跑了步，因为我可以控制好自己带着紧张的兴奋之情。我听着女人们在办公室里转来转去，给自己倒了更多咖啡。

我决定走回家，不坐通勤列车，那样我就可以给我的代理打电话。我拨电话的时候已经靠近河边了，就站在坎齐大桥上。四周一片漆黑，而且非常冷。路灯和办公室窗户里投出来的光倒映在死寂的黑色水面上。我打开朱莉娅的语音邮件。我留了条信息，非常有礼貌。"嗨，朱莉娅，我是米莉。我收到你的语音邮件了。我现在刚刚下班。接下来整个晚上我都可以接电话、看邮件。非常谢谢你。"

我差点呕出来。

朱莉娅几乎是立刻就打过来了，带着深深的歉意——她刚进家门，她的通勤路途很长，要先在商店门口停下，她希望没有让我等很久，问我有没有听那封语音邮件？我停在桥上，冻僵了，眼睛直愣愣的。

"是的，我听了——那时候我还在办公桌旁。你说你有关于我职位的新消息？"

"是的，我有。"她兴高采烈，非常欢快。

"好的，太好了。"我说。我没有戴手套，从水面刮来冷风，我能感到手上的一根倒刺裂开了。

"所以，其实今天是你最后一天在莉萨－霍普上班。"

"哦，好的。"我说着，有些盖过了她在说的话，声音友好而透露着警惕。

"是的，他们对那个职位的规划有变动，而且显然他们不需要你干完这周了。好消息啊，是吧！你可以有个长周末啦！"

"哦，好的。"我又说了一遍，不确定还能说点什么别的话。"我不需要周末，如果你有什么岗位可以提供，明天我还可以去工作。我会尽快准备好。"

"啊，是的，当然。所以，你要做的就是给我们的办公室发封邮件，说明你能工作，就像你以前做的那样。如果我们觉得有适合你的职位，会有人联系你，这样行吗？"

我不记得怎么挂的电话，但我大概说了"谢谢"或诸如此类的话。

我路过瑜伽馆，里面的灯光温暖而诱人，墙是灰玫瑰色，几幅大的、儿童画的花卉图挂在靠后头。并不是招人厌的现代风格，因此看上去很真实。我觉得我看到了那个和我通过电话的接待员。我想知道她是怎么得到那份工作的。她自己会练瑜伽吗？那是我可以做的工作吗？她有没有对象或者室友？

从瑜伽馆走开的时候，我感到了一定的挫败。

三个街区外是那家不错的酒类商店。主要卖葡萄酒和精酿啤酒。跑步真的对我有些好处。我站在过道里，看着面前那箱冷藏的啤酒，浑身都很放松。我听着耳机里悲伤的曲调。某首情歌。我总是以不同的方式与那些情歌歌词产生共鸣，通常是哀悼我与自我的关系，我也不确定。

一个满脸笑意、身形壮硕的男人走进了商店，他头戴棒球棒，身穿大衣，要找一些特定的东西。我想象着他回家后给自己的未婚妻做某种肉。我记得我离家前是如何勾勒自己在这儿的生活。我想象着在市中心有一栋高档公寓（尽管当时我还不知道用这个词来称呼它们——在我的家乡，住公寓并不光鲜，就是给买不起房子的人住的——小时候我们家住过），可以看到天际线。我希望厨房里有一个中岛，在那里，一对还未被定义的"我们"会站着，边做饭边聊天。

我买了六包价格适中的东西，用信用卡付了

账。

唉，可怜地走回公寓！唉，可怜地在公寓里踱步。唉，焦虑难安！我播放音乐，喝酒，踱步，不想又去看我晚上惯例看的电视节目。我忽然想明天干脆再次出现在公司。幻想中的升职已在召唤我，我应答了。愚蠢的我。我抓住自己的胳膊，强迫自己哭出来，然后给我在派遣工中介的顾问写了一封感觉既专业又友好的邮件。我表达了对自己能有机会在设计公司工作的谢意，以及没能成功转正的遗憾，并表示有兴趣尽快继续工作，任何岗位都可以。我认为我写得简明扼要。我没有其他可以说话的人了。

我感到很糟糕。我知道喝酒在我体内引发了一种化学性抑郁，尤其是我一个人喝的时候。我钻进被窝，没有关灯，胳膊紧紧地抱着枕头，渴望有人可以陪我说说话，或者渴望再也没有人看我、跟我讲话。无论哪一种都可以。我不在乎。


第二天早上，刚开始的几分钟我自然而然地觉得好点了。大约还有一刻钟到中午时，我走到咖啡壶旁，只是盯着它看，此时肾上腺素又开始起作用了。我想再次像昨天那样按部就班地生活。我知道我得去查邮仵。我知道我必须再找一份工作。

第
二
十
一
章

得到心中暗暗想要的东西，并不能算是一种解放。这是我从被辞退中得到的经验教训。

咖啡开始煮了，我找到我的手机，把它插在电脑旁边充电。我没刷牙。萨拉给我发短信，就为了说一句"呸"，后面又来了一条"这种性别歧视的屁话真是去他妈的，我不玩了"。我把手机屏幕朝下放，调成了静音。

我打开邮箱，又快速点开另一个窗口，这样我就看不见我收到了些什么邮件，但我看到通知栏有一封未读。我点击返回，查看了那封邮件：

　　我今天不在办公室。如果你需要即刻回复，请给阿曼达发邮件。

她的邮箱地址是 amanda@officejobs.com。

朱莉娅·康诺利

我给自己倒了些咖啡，然后开始写邮件。

嗨，阿曼达：

我昨天发邮件联系朱莉娅，告诉她我可以工作，我收到回复说她今天不在办公室。如果你觉得有短期工作适合我的话，我今天余下的时间，还有明天，以及一整个下周都有空。我周末也有时间。非常感谢你的帮助！希望你一切顺利。

祝好，
米莉

我立刻收到如下回复：

你好，我不在办公室，不方便收发邮件。在这期间请联系黛安娜，邮箱地址为 diane@officejobs.com。如果你急需帮助，请拨打总办公室的电话，我们的办公室经理史蒂芬会尽全力帮助你。

祝好，
阿曼达·马纳德

天空很明亮。我喝了两杯咖啡，点了一支烟，然后写道：

嗨，黛安娜：

我刚给朱莉娅和阿曼达发了邮件，告知她们我有时间工作，但她们两人现在都不在办公室。阿曼达回复不在办公室的那封邮件里建议我和你联系。很高兴认识你！我明天以及整个下周都有时间，我也接受周末工作，短期和长期工作都可以。我之前主要和朱莉娅合作，但如果你有任何可能适合我的工作也请告知。如果你想让我发简历过去，或者有任何问题，请和我联系。

展信佳，
米莉

我不确定看似负责和看似死缠烂打之间的界线在哪儿，但三小时过去了，黛安娜什么都没回，于是我给办公室打了通电话。

　　"你好，这里是芝加哥办公室求职处，我是史蒂芬，请问需要我帮什么忙？"

　　"嗨，我给朱莉娅和阿曼达发了邮件，告诉她们我有时间工作，我收到的自动回复让我给办公室打电话。你可以帮我吗？"

　　"嗯，当然，好的……请稍等……能再说一遍你的名字吗？"

　　我告诉了他。

　　"好的，好极了。我会传个口信说你来过电话，会有人给你回电。"

　　几个星期过去了。

　　我上网查原因，为什么这种事会发生在我身上——为什么我的派遣工中介不给我回电话，遇到这种情况该怎么做；哪些迹象表明你把派遣工作搞砸了，表明你是个糟糕的员工。我觉得自己快要溺死，钱就要花光了，父母隐约意识到我已经尽可能积极地扭转局面，一个实习生可能会免费接替我的岗位，公司认为我这个岗位太多余。当他们给我周转房租和伙食费时，我们谈论经济，他们希望我利用这段时间思考一下我的未来。我保证自己会在简历上下功夫，争取一天申请一个岗位，并且考虑同时参与志愿者活动，来填上我的这段职业空白期。

　　我提议说自己可能会去上一门课，当我妈说我应该一步一个脚印的时候，她的声音有些不自然。她一定记得所有我上过的课：插画、调酒、资助申请写作、制陶艺术。过去我有热情，但是没有坚持。我确定她能从我声音里听出，我现在两样都没有。

萨拉不断给我发短信，问我在哪里，想不想喝一杯。我极力请求说不要，我现在很忙，感冒了，太累了，看看其他时间再说，我打算开个先例，把手机调成静音，或者连续好几天让手机关机。

我不知怎么就看完了整整十五季的《法医档案》，很不可思议。我穿着外套在厨房开着的窗户旁抽烟；每当走廊上传来脚步声，我都做好有人来敲门的准备，给我最后一击——或许是邻居来投诉，或是我的房东想到处看看，确保一切正常。也可能是警察。

我环顾四周。料理台上摆着盘子，连晾衣架上都放着脏盘子；一个装麦片的空盒子，干吃的，倒在厨房桌子上，旁边是一个塞得满满的烟灰缸，烟灰撒在了地上；成堆的旧邮件和收据都扔在客厅，地上有袜子，还有一圈圈的盐；书、接线板和圣诞灯饰占了一半的沙发；将死的植物，随处可见的内衣。我的床单，本来是白的，中间已呈淡灰色。床头柜上放着碗，地上摆着咖啡杯。

空气里弥漫着一种刺鼻的烟熏气味，像是小

便和烟头的混合。那是童年时代的味道。我邻居家的房子。"那对双胞胎",比我小两岁,看起来并不像。其中一个胖嘟嘟的,深褐色头发,另一个很瘦,金色头发。金色头发的那个被指控拿塑料玩具卡车打了一个生病孩子(有某种骨髓问题)的头。她们的妈妈好像从来不在身边,我们可以随意使用她们的房子。有时我朝厨房窗外看时,会发现她们正坐在我家的栅栏上盯着我看,像猫或松鼠一样,在那里摆造型,才六岁就已经透露着性感,简直就是萨利·曼恩[1]。她们比我其他朋友更酷,但也更顽劣。我们一起说"他妈的",一起爬常青树,在她们卧室的罐子里拿棉花软糖吃。我把自己最喜欢的那件露肩粉色棉毛衣借给那个金发孩子,还回来时,衣服上散发着他们家里的臭味。我让我妈把毛衣泡了一遍又一遍,就为了把那股恶臭去掉,很生气她们闻起来这么臭,很生气她们这么粗鲁,挥拳打我的胳膊,总是威胁我说要把我从树上推下去。当我带着新买的神奇画板[2]去她们家时,金发的那个孩子

---

[1] 萨利·曼恩(Sally Mann, 1951— ),美国著名摄影师,其代表作品《亲密家庭》记录了她自己的三个孩子的童年。

[2] 神奇画板(Etch A Sketch),一款素描绘画类软件,不需要画笔,玩家利用画板两侧的旋钮即可作画。

一脚踩在了上面。我坐在她的胸膛上，掐她的喉咙，扭她的胳膊，直到她哭起来，我内心兽性的一面被释放出来了。她毁了我的毛衣，圣诞节刚过去三天，她又踩碎了我的画板，我真想杀了她。她妈妈把我从她身上扯下来，冲我尖叫，让我他妈的滚出她们家。"他妈的从我们家滚出去！"我和我父母之间伤人的谈话，我为自己做的事所感到的羞耻，但多年后我更强烈感受到的，是所有那些愤怒，她细细的脚跟在我画板上留下的印记。我觉得那是好蠢的一个玩具，真希望我早就把它扔了，不去在意，甚至希望当初没和她们一起玩。我的卧室现在闻起来就是那些感觉，所有的愤怒依然活在我体内，毫无用处又让人尴尬。

至于吃饭，我已经沦落到从三个快空了的罐子里舔花生酱。我不刷牙。我睡到中午才醒，只有需要买酒喝的时候才会离开公寓，我会边喝酒边上网查我为什么不开心。

从某个角度看，我装饰自己公寓的方式——散落着残羹剩饭、卷起来的地毯、纸箱、暴露在外面的食物——就象盖鸟窝一样。有时候，我在这个我创造的空间里行走，仔细查看，感到疏离，几乎有些骄傲。在其他日子里，我躺在床上，盖着被子，动不了，甚至哭不出来，对自己厌恶得那么深那么没底，几乎有点好笑。

# 第二十三章

米莉公寓下面一楼，金和约翰正坐在沙发上谈论着他们的生活。约翰工作了一天，跟他的一个同事有些小矛盾，结果演变成了一出大戏，不仅影响了他的这一天，还有他的整个生活。那个同事很懒，又让约翰难堪，至少他自己是这么感觉的，他不确定是应该直接跟同事对峙，还是要学着降低自己的期待。约翰上床睡觉时都会想着这件事，每天早上有五分钟他会忘掉，然而紧接着它又会浮现在脑海中，让他一天都不好过。他坐在沙发上，向金描述他觉得公司该如何运行的乌托邦理念。他想象那个同事改变了她的行为，还对金描述了他想象中的改变。金艰难地集中注意力听他讲话，努力想找一个合适的回应，但脑海中出现的话语（她准备做晚饭用的食材，她读的一篇文章，接下来几个月他们是不是应该去看她的家人）与这完全无关。

她强迫自己不要把这些话说出来，因为她记得在她还是个孩子的时候，她母亲是如何在她长篇大论地倾诉时转移话题的（"艾米一直跟我买同款毛衣，还假装她没有模仿我。""哇，快看，一家新开的星巴克！"），她强烈鄙视母亲那样的行为。

金和约翰已经讨论过，让他不要经常把工作的事带回家。他们聊过，生活远不只有办公室。他们计划好睡前阅读，两人读同样的书，或者互相大声读给彼此听，像早些年那样，这样他们聊天的时候，就会有一个让双方都很享受的话题。

金说："一切都会好起来的。"

"我知道，很抱歉我总是抱怨。"约翰说。

"我要去泡些茶，你想喝点吗？"金问。

约翰发出困惑又沮丧的一声，然后他带着一种在金看来女人似的不耐烦，说了句"好的"。

他们接下来可能会看电视，两人内心都憋着一个尴尬的想法，就是之后他们可能会再谈那件事。

厨房里，跟往常一样，金闻了闻那股来历不明的恶臭——一股很奇怪的混合气味：大量的牛粪、猫尿、霉，还有垃圾，带着一丝烟灰缸的味道——

她在密歇根州的日子里熟悉了这种气味，那时她住在假冒的"飞根主义者"[1]合作社，有一个星期，他们吃从学生会后面垃圾桶里回收的墨西哥鳄梨酱口味的多力多滋[2]。她那时才十九岁，上大二，是班上年龄最小的，愿意接受实验性的生活方式，现在她倾向于认为那段经历帮助过她。但她已不再信奉那种生活方式，知道那到底是怎么回事，也不再需要那样做——那是一种粗俗又绝望的生活方式，以打破成规为幌子，假装自己是智慧和真诚的象征。

她把壶放在炉子上烧水（壶是搪瓷的，烧得橙红，Crate & Barrel 品牌，别人送的礼物），又拿出两个马克杯，一盒姜黄茶（来调和他们晚餐时吃的茄果类，晚餐菜品有一个番茄、鹰嘴豆、甜椒咖喱），她心里想着现在轮到她再次提起那股臭味了，这甚至可能是她的权利或责任。

"你能过来闻闻吗？"金问约翰。

约翰进了厨房，他们绕着水槽、冰箱、卫生间

---

1 原文为"Freegan"，源于"免费"（free）和"素食者"（vegan），即免费素食者，又译"飞根主义者"。它指一群践行反消费主义生活方式的人，他们不购物、不开车、不买房，甚至不上班，利用别人过剩的资源生活，通过比如在超市丢弃的垃圾桶里寻找食物、交换物品和搜集废品维生。

2 多力多滋（Doritos），1966 年在全美推出的第一款玉米饼薯片。

和垃圾箱走了一圈，又回到原地。

"我已经试了通乐的疏通剂，擦了垃圾桶，清理了微波炉，冰箱里有小苏打，所以不应该有这股味道啊。当然也不可能是因为我们做的饭。但你也闻到了，是不是？"

"我不愿去想它。"

"你觉得是我们楼上邻居的问题吗？"

"我想有可能，"约翰说，"但也许只是下水道的问题。"

金看着他，摇了摇头。

"这种气味每隔一段时间就会出现，通常在傍晚和周末，我能听到她在楼上走动。她最近总是在敲敲打打，走来走去。这股臭味在夏天的时候消失，天一冷该关窗户的时候就又有了。真是种溃烂的臭味！"

"我们该去问问她吗？"约翰问，"我们可以问她有没有闻到什么气味。或许我们也能趁机看看她的公寓。"

"我寻思着可以去问房东，有没有人向他投诉过闻到一股臭味，然后他或许可以到处问问。如果我的房东问我有没有在公寓里闻到一股奇怪的味道，我很可能会做一些整改。"

金提起了上周末他们听到的奇怪哭声，他们猜会不会是闹鬼，然后对这个猜测一笑置之，直到金提出一个更大的可能性——他们楼上的邻居是个怪胎，最近精神崩溃了。

写给房东的信可能会是一份最好的分析报告，但他们要先做些侦察。

金摘下她的耳环（它们很吵），约翰把他的安全钩放在他们餐厅里的复古饭桌上——那张桌上摆满了有关团体、灵性、文化和艺术的书。金觉得自己的身体紧绷，好像这就是她一直训练的目的。深蹲、跑步，光滑的双腿套着深灰色高腰灯芯绒裤子，颤动的胸部隐藏在一件红棕色短款马海毛毛衣下面。约翰问是不是应该脱掉身上的彭德顿[1]夹克衬衫，金小声说了句："别管了。"

他们穿着干净的厚袜子，蹑手蹑脚地上了楼。两人来到楼梯平台时，金的手碰了碰约翰的肩膀，好像在说："要不我们回去吧？"约翰摇头拒绝，然后迈了几个夸张、扭捏作态的小碎步。

<hr />

1 彭德顿（Pendleton），美国一个具有百年历史的服装品牌。

两人走到米莉的门前，小心翼翼地防止被抓。他们看到门旁边有一个装着垃圾的白色大袋子，然后听到里面传来压低的说话声和音乐声，是笔记本电脑上播放的电视节目。约翰把耳朵贴在米莉的房门上，点了点头。是的，她在家。他们得小心一点。金咬着自己的嘴唇。她想咯咯笑。约翰把自己的鼻子伸进门把手旁的缝隙里，静静地吸气，与此同时，金弯着腰闻米莉公寓的外墙。约翰做了个挥手散味道的动作，头前后晃着，在评估，像一个侍酒师。

他们听到一声巨响，然后有人在嘀咕。约翰飞快地打了个手势，好像他们身在电影里的越南一般，他用手指指自己的眼睛，左右晃动，接着指了指通向返回楼梯的走廊。金咯咯笑着转身，蹦蹦跳跳地走开了，穿着袜子的脚踏出轻微的砰砰声，灯芯绒裤发出蛙叫一般的呱呱声。约翰跟在她身后，脚下有点打滑，差点摔倒在楼梯上。

他们已经决定给房东发封邮件，用简明的措辞，不指控，就说他们单元楼里有股怪味，又或者他已经听到其他人投诉了？如果可以借助过去的经验判断（去年冬天，房东发邮件问大家有没有看到蟑螂——当然没有），这会促使他群发邮件。那这整个流程就开始了。

金和约翰坐在沙发上，分析了一会儿他们所有的邻居，不只是米莉，她并不特殊。他们将视线转移到了他们一个朋友身上——一个女同性恋——他们觉得她到处玩弄女孩。他们悄悄地分享，认为这件事很双标，还有背后的政治理念，说了一些他们不能对别人说，却愿意对彼此说的话。金心想，现在，这才是和我坠入爱河的男人。她慵懒地用手指上下抚摸着他的大腿。


第二天早上，屋里洋溢着一种玩乐的气氛。这是某种曲折而缓慢地达成的事，金思考着"玩乐"这个词的意味，认为那是合理的。放松，实验性，好奇心——缓解日常生活带来的压力。

她穿着丝绸长袍，通常情况下那是用来做装饰的，挂在卫生间里。

金做着拉伸，想着怎样才能更多地展现她自然又顽皮的一面。她看着那株喜林芋，想着照料植物虽让人满足，但不一定是种顽皮的行为。

约翰醒了，说了句"早上好"，声音沙哑，带有睡意，透露着幸福。卫生间的门关上了，听着里面尿流的巨大声响，金心想："不愧是我男人。"

她打开笔记本电脑，开始写新邮件。

约翰在厨房的桌子（就处在米莉饭桌的正下方）旁坐下，金递给他一碗酸奶拌覆盆子，又给他倒了杯咖啡。她把他前额的一缕头发捋到一旁，问："我们要写那封邮件吗？"

约翰低头看着她袍子前面开口的地方，在座位上挪了挪，说："是的，当然要写。"他说这句话的时候，并没有不屑，而是很和善。"谢谢你煮了咖啡。"

"我乐意这么做，"金说，"我想让你一天都过得开开心心的。你没什么理由不开心啊。我觉得我们俩都对自己有点苛刻了。"

约翰点点头，仍然带着些许刚睡醒的迟钝。

"好的。"金说。她开始打字，边打边读自己写的："你——好，马尔——科，逗号。"


约翰走后，金洗着早餐用过的碗，又想出了一个新办法。和照料植物一样，早起煮咖啡做早餐，属于让人感到满足的那类事情，而不是带实验性的玩乐游戏——尽管她的确认为，对于生活惯例做出任何改变，都可能带给她正在找寻的那种思维灵活性。金记得她有那本格式塔疗法的书，她提醒自己要再次打开读起来。利用资源没什么坏处。

马尔科每年都会收到一两封这样的邮件。公寓里有臭味吗？"是的，公寓里当然有臭味，"他想，"那都是一栋一百二十年的老楼了，这些孩子在指望什么？"应该是管道的问题。或者什么东西死在墙里了，或许如此，但可能性不大。他给租户们群发了一封邮件。他一贯如此，只是为了安抚而已。

# 第二十四章

在一个自虐的时刻，我又给朱莉娅发了邮件，问她将来有没有任何可能通过机构找到工作。这是在网上看到的建议。我也问她是否能给我任何反馈，有没有任何我可以改进的地方。我就像个疯子一样，醉醺醺的，穿着运动裤，头发湿漉漉的。我集中精力精心写了一封礼貌谦逊的邮件，收到的回复如下：

米莉：

你是我们最优秀的员工之一，我们向莉萨－霍普保证过你很准时、友好，并且整洁而有条理，有能力适应各种不同的任务要求，工作经验和教育背景也令人印象深刻。然而我很遗憾地告诉你，他们对你的工作表现很失望。

你并不适合莉萨－霍普。他们坦诚了对你工作热情和可靠度的担忧。显然，有敏感的文件让你粉碎，但被你放在桌上好几天都没处理。这让他们很难办，也让我们陷入困境。我们原本希望把你长期安置在那里，但鉴于你的工作表现所引起的担忧，你在莉萨－霍普的任职时间就缩短了。他们对你的仪表和态度也颇为不满。得知你被描述成一个不修边幅又不友好的人时，我们很震惊，也很失望。

我们非常看重和客户的关系，所以这次不能再安排你了。我对你的建议是，去积累别的工作经验，如果你能够向我们提供你的上级开具的推荐信，证明你取得的发展和进步，我们或许能和你会面，并讨论复职事宜。

重申一遍，我们非常重视客户担心的问题。我们派员工去执行任务时，是靠他们来代表我们。我希望你能理解。


祝好，

朱莉娅

我的回复如下：

嗨，朱莉娅：

得知我在莉萨-霍普工作期间没有很好地代表中介的形象，我感到很抱歉。那不是我的本意，我认为我和卡伦之间存在沟通问题。我应该经常向她汇报进度。在我拿到要粉碎的文件时，她告诉我没有完成任务的时限，而且应该在非工作时间完成。如果我知道那个任务需要优先处理，我绝对会更快地完成。我是在碎纸、接电话和为新客户整理邮寄的包裹之间来回平衡。

那些针对我形象的批评，我不是很确定要说什么。我可以向你保证，我之前从来没有接到过这样的投诉。如果给我看过有关着装规范的注意事项，我一定乐意遵守。我想不出我穿的哪件外套不合时宜，但是我能理解细微的差别——特别是处在一个做设计的工作环境里——很重要。我确定我对莉萨-霍普的工作人员很友好，但我在工作时比较内敛，因为我看到那里的雇员特别忙，我想尽量尊重他们的空间。

　　我希望你能再考虑一下，因为我和你的合作很愉快。

　　如果有什么我可以做的，或者你有时间打电话谈谈这件事，请告诉我。


　　展信佳，
　　米莉


该死的吃饭对我毫无意义。

　　我坐在厨房的桌子旁，整个人都蜷缩着，我的胃完全就像个糟糕的垃圾回收器。我收到房东发来的一封邮件，问我有没有注意到单元楼里有什么气味。我做了一件我很久都没做的事。我向后抡起胳膊，用全力打了自己三巴掌。一个人在这儿做这种事有点蠢。没人会看到我他妈在干什么，不过无所谓了。

　　我妈妈打来电话，问我想不想回家待一阵子。她认为，那可能会对我有帮助，我也趋于赞同（或者就是我觉得很被动）。她会买好火车票。

　　我没打包任何东西。

# 第二十五章

我从侧门进了车站，沿着米黄色的石廊走，左边是站台，右边是候车室。站台自报"22号站台""16号站台""25号站台"，刺耳的嘈杂声让人难以忍受。我认为这是为了帮助盲人找到要去的地方，防止他们走到铁轨上去，可我不觉得那能帮上什么忙。

车站有常见的南下回圣路易斯的阿米什人和游客，不知为何他们排成了一队，已经站了好几个小时，我觉得他们可能是想有个好座位——或者他们认为自己需要站着，认为自己做的是对的，但是在上火车之前你也可以轻松地坐着，我就是这么干的。

很多乘客都拿着购物袋，好像他们不能在网上买这些狗屁垃圾一样。一种庞大的同质性。一些人拿着 Garrett[1] 被油浸透的袋子。一段美好的回忆马上要浮现。我不去想它。

我们从走廊里那个体重超重、表情抑郁的卡戎[2] 身边走过，上了火车，她一直不停地在喊："准备好你们的身份证件！"她一边对我喊这句话，一边抓着我裂了的手机，检查我的电子车票。

我们穿过黑人街，穿过那些破旧的区域，进入阴森的城区，然后驶入田野。我们经过乔利埃特，监狱就在那儿。看到了更多的田野。几个让我想要下车去的小镇，比如德怀特。又或许我永远都不会下车，就这样一直来来回回地坐车。

我在我那站下了车，也就是布卢明顿-诺姆尔，看到我妈站在赛百味三明治店旁。

"嗨。"我说。

她脸上浮起了那种笑容，就是你的嘴唇都看不见了，眼里透着忧虑。失望。她拍拍我的背。我们在沉默中开车回家。这里的光线似乎好点，我不知道自己是否该问他们我能不能留下，不知道我能不

---

1　一家芝加哥手工爆米花店。

2　卡戎（Charon）是希腊神话里冥王哈得斯的船夫，负责在冥河上摆渡亡魂去阴间，这里比喻检票员。

能跟他们讲，向他们解释为什么一切都进展得这么艰难而缓慢，说说我的经历，好让我妈关心一下我，治愈我，让我重新振作。我可以告诉她我一直过得很难，很孤单，我认为自己需要开始吃些药，尽管我厌恶吃药，也怀疑那是否有用。

这可能就像有篇学业论文要交了，我妈会把我带到她的办公室，让我躺在沙发上，给我一盒舒洁面巾纸（让我擦眼泪），以及一包薯条（安抚我的神经），命令我谈谈对《麦克白》《麦田里的守望者》《哈克贝利·费恩历险记》的看法。那些时刻很可怕，但回想起来很美妙。增进感情的好时光。当我的老师们指责我抄袭的时候，我总是非常愤怒。

我们到家时，我爸正在厨房做手工意大利面，听着潘多拉[1]上播放的既现代又可怕的音乐。

那只狗，我的替代品，是一只体形结实、不好惹的梗犬，名叫辛迪；它跑到我身旁，紧张地狂吠，尾巴夹在两腿之间。我没理它。这是生平唯一一次，有人对我举止卑劣是出于嫉妒。我几乎觉得这是种称赞。

---

1　潘多拉（Pandora），美国流媒体音乐服务商。

我妈跑到橱柜那儿，拿出一包巧克力椒盐卷饼，隆重地放在我手中。

"拿着。你的疗方。"

我嘲弄地笑笑，但我也可以哭出来。我把那袋子放到了料理台上。

我妈坐在厨房中岛旁的一把高脚凳上，打开了一玻璃罐家常烤杏仁，我爸则在手摇曲柄旁边，解释自己烤杏仁能省多少钱。他俩都刚退休，这就是他们现在的样子。我吃了几颗杏仁。

阳光透过水槽上方的窗户斜着照进来，我爸妈大笑着，跟我讲最近他们的笨蛋邻居正在搞施工。房子现在没人住，而我妈主要担心的是浣熊。我爸就奇怪的施工时间和建筑废弃物调侃了一番。我妈走到窗边，双手插在口袋里，踮起脚尖说："看，快看那个——他们刚在窗户上贴了该死的塑料防水布。"

我和她一起站在窗边，看着那块蓝色的塑料防水布，它鼓起来又吸进去，就像是那栋房子在呼吸一般。我妈用胳膊揽着我的腰，捏了我一下，我说："是啊，真的好讨厌。"一边轻轻地躲闪开来。

我爸开始咯咯笑，跟我说九月份有段时间，天气还很好的时候，他在院子里的藤架下喝红酒，这时一只苍蝇（从其他邻居家里的狗屎堆里飞出来的）飞进了他的杯子里，他把那杯酒朝背后倒了出去，整个泼在了邻居白色车库的一侧，留下一大片恶心的污渍。

我脱口而出："那一定是个大杯子吧。"声调毫无起伏，自然而发，很放松也很疏离。

我爸又大笑起来，很窝囊、很勉强的声音，好像要开始说"该死"一样。

我妈笑着说："啊，是啊，他是……"接着做了那个全世界通用的双脚紧贴冲浪板摇摆的动作，表示喝多了的样子。他用眼角的余光瞥见了她，像他本意就是要那么做一样，然后熟练地带着鄙夷说："是啊，我是。"眉毛向上挑着，稍微停顿了一下。"醉过头了。"

"嗯哼！"我妈说。

计时器响了。潘多拉会给我们播放整整三十分钟的免费音乐，前提是我们得看一小段默片。

"你得告诉她第二部分！"我妈说。

"我们晚饭要喝点什么？"我爸问。

"我们有很多酒。"我妈说，一边虚张声势地为我打开冰箱。我看到成排的山姆·亚当斯啤酒和银子弹啤酒，以及四瓶白葡萄酒；我听说还有一种烈性酒"在狗粮旁边"。

"你妈妈的读书俱乐部解散了，她买了两箱三十听的啤酒。"

"没有三十听。"

"我不知道她觉得那些老年人能拿着那个干些什么。"

"哎呀，你永远不知道一个人会想要什么嘛。"她声音里的抵触那么顽皮，故作委屈。

"尔妈妈是个很棒的东道主。"

"还是跟她讲讲你做了些啥吧。"我妈说。

邻居把他们的"资产"（说这个词的时候仍旧带着那种鄙夷）锁在门后，这样就没有人能闯进去偷走他们的施工工具了，所以我爸不得不跳过齐腰高的铁丝网，拿着一块湿抹布擦掉他们家白色车库上的酒渍。我想象着我爸擦洗车库的时候屁股撅到了天上，我笑了；又想象着他闯入的时候，我妈站在那儿望风，紧张兮兮地，可能还拿着一支手电筒，轻声说着"大卫，快点"。

他们跟我讲这些的时候又哈哈大笑起来。我爸问我想不想把意大利面放进锅里。我耸了耸肩，走了过去。

我拿起一小块一小块的面团，放进沸水锅中，我爸跟我讲了斯波茨[1]，说那儿的人如何把一块块的面团扔进锅里，出锅的时候面团看起来就像块海绵一样。

我不希望太阳再西沉了。

我妈跟我说这些面很新鲜、很好吃，尝起来几乎像奶油一样。有一次，他们往里加了奶油汁，就无法入口了。最终他们还是吃掉了，其中一人就此开了个玩笑。

"要盘子还是大男孩碗？"我妈问。我爸转了转眼珠，摇摇头，叹了口气。

"怎么啦？我们就是这么叫的！"

我们坐在沙发上，用在世界市集[2]买的宽口浅碗吃面，一边看着新闻。他们说得对，意大利面真如奶油一般。当一个特定的人物出现在荧幕上时，我妈说她"看不了这个"。老实说我连看都没看。那只狗在咖啡桌旁，将地毯抓来抓去，带着和设想

---

1　斯波茨（Spoetzl），位于美国得克萨斯州的啤酒厂。

2　世界市集（World Market），美国知名家居用品商店。

中一样的愉悦。

电视机放在装有嵌入式书架的墙壁中心，书架从地板一直顶到天花板。餐厅里也有个同款书架。墙上没有放书的空间，被颇具热带风情的大株植物和无花果树遮住了。窗户下面一个矮架上摆着四大盆盛开的天竺葵。墙上挂着大学清仓甩卖时淘来的油画。还有一幅蜡画。

我注意到之前没见过的一个东西，一个三四英尺[1]长的木偶，挂在书架的一侧，样子像我爸。我妈真是完美地抓住了他的神韵：卡其裤短了几英寸，精心还原的迈乐牌一脚蹬便鞋，戴着眼镜，短寸头。那是一种景致，迷你版的我爸被挂在那儿，似乎很可怕，但给人无尽的安慰。一层层难以察觉的情感向我汹涌袭来。我说："很酷的木偶。"我妈说："噢，是啊，我正做着我的呢，要挂在另一边。"

"很酷。"我又说了一遍。接着补了一句："我喜欢。"

"我可以给你看看，"她说，"反正你爸可能在这个世界待不久了。"她指的是要睡觉，但我们俩

---

1　1 英尺约合 30.5 厘米。

都喊了声"天哪"，然后哈哈大笑起来。

在楼上我之前住的卧室里，我妈向我展示了她退休以来一直在做的东西：一个浅玻璃箱，还有一些拼贴画。"我显然不会画画。"她说。桌上有一堆布料，一旦她抽出时间来做，那堆布料就会变成她的样子。

我说一切都很棒，然后告诉她我挺累的。她给了我一个拥抱，说见到我真好。那个拥抱持续了有一分钟之久，太长了，我感到胸口一阵刺痛。

夜幕降临，我能听到她在楼下的沙发上看电视，狗脖子上套的颈圈咔嗒作响。我在看《南方公园》。我不知道她有没有为我哭过，或者他们有没有担心过我，后来我哭着睡着了。

早上，她带我出去，喝咖啡，吃贝果，双份。我吃了两个，一个配着番茄和芽菜，另一个配有蜂蜜核桃奶油芝士，我妈宽容地说那是我的甜点。我告诉她我很担心很害怕。她对我说她并不担心我，但我的衣服是真的破破烂烂。我们去了一个购物中心，在停车场她说了些让我倍感尴尬的话，比如"就让妈咪来照顾她的小宝贝吧"。我哼了一声，然后说:"好的,妈妈。"

她先换掉了我的外套,然后给我买了一套职业装,一双其乐牌沙漠靴。我们去了 GAP,她给我买了一条新牛仔裤、两件新毛衣、一顶帽子和一双手套。我们去了百货公司,她给我买了一盒抗衰老晚霜和一支口红。她跟我说,她知道那算不上是大型的都市美发厅,但如果我想修剪头发的话,她可以带我去找保罗·米歇尔美容学校的玛丽莎。我没有反对。之后,我们去了塔吉特零售店,她给我买了睡衣和新内衣,我焕然一新。我在塔吉特的卫生间里换上新衣服、新内衣,出来的时候我妈冲我点点头说:"这也是为了我的身心健康。"我明白她指的是什么。

我们在卢卡烧烤餐厅跟我爸碰面,吃了比萨和沙拉,喝了很多啤酒。我爸说我们两个看上去都很漂亮,简简单单的一句话,却让人感觉很好。我们谈起了政治。我妈聊了路易丝·布儒瓦[1],我爸则谈起了艾伦·沃茨[2],我听着,我也有能讲的话,

---

1  路易丝·布儒瓦(Louise Bourgeois, 1911—2010),法裔美籍雕塑家、画家、批评家、作家。

2  艾伦·沃茨(Alan Watts, 1915—1973),英国哲学家、作家、演说家。

也有机会讲。我晃了晃头，能感到我的头发一直到头皮都变了。

"你们记得他们这儿以前有一个小提琴手吗？"我问，"我记得我曾想让他演奏《在山魔王的宫殿里》，可他不知道那首曲子，所以他演奏了某首儿童歌曲。我觉得自己被公开冒犯了。"

"我不记得了。但我的确记得你在施密特女士的课上干的事，在那块名为'开始了解你'的板上。"

他们俩都大笑起来。

"你和你同学那些小小的拍立得照片。他们都在最喜欢的东西那栏下面列了《狮子王》、耶稣、颜色、家人，你说你最喜欢的电影是美国公共电视网版的《瓦格纳的指环》，你的爱好是看外国电影和画画。天哪，他们不知道该拿你怎么办。"

"我以前想当牙医。"

"啊，我从来都不晓得。"

"你们记不记得我退出篮球队是因为教练不尊重我？"

"记得！那是我作为母亲感到最骄傲的时刻之一。"

"我记得你在比赛的时候用身体挡住那些女孩。

你太帅了。"

我的裤子合身得不得了。我们是在大促销货架上拿下来的。我妈说服我买大一个码的，说："亲爱的，你没什么好担心的，你看起来棒极了。"即使在我吃了比萨以后，裤子也没有嵌进我的肉里，这真是太棒了。

"我们从来没有担心过你，亲爱的。"我妈说。

"他妈的从来没有。"我爸附和着。

开车回家的路上，我躺在后座上。安全带缠绕着我的肚子。我微醺，看着街灯从我头顶掠过。这两个美好的人总是在车后座放一盒面巾纸。在这一刻，他们给予我的，礼貌和公正，是无限的。

第二天我和我爸一起过。我们去树林里散步。空气那么清新，让我的脸绽开。我想要它直接撕裂我的脸，那样我和结冰的小溪、死去的树木，以及叽叽喳喳的松鼠之间就没有任何屏障了。我们发现了鹿粪，我在我新买的双排扣毛呢短大衣的口袋里塞了一块漂亮的石头。我们饿了，回家吃烤奶酪。那晚，我用我妈的手提电脑找工作，知道我早上就得走。我找到三个职位，把相关信息发到了自己的邮箱，准备回去查看。

　　早上，我妈拿出我高中时用的一个旧背包，让我当手提箱。在火车上，我看到里面有一包巧克力椒盐卷饼，还有一个自封袋，里面装着杏仁；我开始吃，直到全部吃光。

第
二
十
六
章

我回到了我的公寓，一片狼藉。离开这儿回老家之前，屋里看起来还没那么糟。我开工，清理房间（我好像总是在打扫房间）。

我立马感到沮丧。我把简历发给了当地的三家非营利机构，想着向萨拉要一封推荐信。芭蕾舞团正在雇人卖季票。我在 Craigslist 网站[1] 上看到了招聘广告，我按照指示，往语音信箱留言做了自我介绍。

刚留完言，我的电话就响了。电话里的女人说她喜欢我留言的方式，我听上去很专业、正式和礼貌。我觉得她听起来很有攻击性，有点吓人，但我喜欢那些夸奖。

---

1　美国一个大型免费分类广告网站。

我们谈了我能工作的时间，粗略地讨论了我的工作经历（是的，我之前负责接电话），她接着跟我讲了销售有多让人兴奋。我当即被告知，明天可以过去参加线下评估和培训。

我被雇用了。

第二天早上，我穿上我妈给我买的工作服、新外套，戴上我时尚的绒线帽和手套，去了市中心的芭蕾舞团办公室。大厅里坐着一个非常优雅的女人。看上去很有钱的人在到处转悠。我感觉自在舒适。一切都会好的。我一直认为只要我喜欢自己工作的地方，那我做什么工作都可以。我想着跟我的新主管说这句话。

电梯里，我是最后一个下的人。我在十二楼下了电梯。门一开就是一条米色走廊，地上铺着有污渍的灰色地毯，头上是吊顶。大厅里有打印机。就在我左边，有一间休息室。走廊的气味闻着像灰尘和酸奶。我看见一个女人，穿着不合身的花纹毛衣，在弓着腰喝一杯达能酸奶，眼睛盯着带有木纹的复合板桌子。我做好了准备，深吸一口气，顺着大厅走，看到墙上装裱着过去演出的海报，其中几幅在历史上很有名，我能辨认出。

我从一个女人身边经过。她正在嚼口香糖。她看着我，但什么也没说。我走到大厅的尽头，进了销售处。有些事将要明了，但现在还没有。

在那间屋子，有六个人坐在小隔间里，背靠着背，对着耳机嘀嘀咕咕。房间的另一头是一间黑黑的玻璃屋，我看到一个女人的轮廓，她已经快六十岁了，正吃着三明治。我走到小屋旁，敲了敲玻璃，说了声"你好"。她冲我抬起一根手指，又吃了一口三明治，拿一张带花纹的迪克西餐巾纸擦拭着手指间的奶油状物质。

她站起身，我伸出手。她握得太紧了，明显不知道"有力的"握手该是什么样的，不知道一个人可能会因矫枉过正而被认为不适合做业务，就和手部无力的人没差。我微笑着，努力纠正我的态度。

"我很喜欢大厅里的海报，"我说，"能来到这儿太让人兴奋了。"

她看我的眼神好像很讨厌我一般，又问了一遍我能工作多少个小时，我有没有销售经验，就像我们没有在电话上谈过这些一样。她拿着一张利洁时消毒湿巾擦了擦耳机上的话筒，然后把耳机递给我。

她嘴里还在嚼着。她领我来到一个小隔间里，就挨着克雷格，那是他们当中收入最高的人之一，接着给了我一份稿件。

"这周我会让你实地学习并参与培训，付一半的工资。一旦你开始打电话，工资就是每小时 7.5 美元，再加提成。等你开始拿提成，你大概会赚 12 到 15 美元。"

"噢，好的。"我说。

"我喜欢你就是因为，你听上去正是打这些电话的合适人选。"

"噢，谢谢。"

"单子上列出的这些人之前已经买过芭蕾舞团演出的票，但忘了买下个演出季的入场券。"

她解释说，有没有微笑别人是能听出来的，所以我说话的时候必须得满脸微笑。

"你能对我说点什么试试吗？"

"噢，呃……"

"不，那样不对。要说：'嗨，我找巴特勒女士，她在吗？'"

我挪动了一下。"呃。"

"不对。"

"好吧。'嗨，我找巴特勒女士。'"我觉得自己应该很尴尬，但似乎没人注意。

"你那是'不要怎么打电话'的经典案例。我想让你微笑着说：'嗨，我找巴特勒女士，她在吗？'"

我尽了最大努力，又试了三次。她告诉我要丢掉小女孩的态度，然后说当我置身于这间屋子的时候，字典里是不能有"不"这个字的。我得装作那是"外语词汇"。我环顾四周，看到每个人都在边微笑边讲话，她对着我的脸打了个响指，跟我说在她讲话的时候，我的眼睛要看着她的眼睛。

剩下的三小时轮班时间，我都坐在克雷格后面，听他打电话。

克雷格看上去弱不禁风，他的腹部贴在大腿上，领带塞进衬衣里。我的主管从我身后走过来，把我的椅子向克雷格那边推得更近，结果我的膝盖戳到了他从椅子背面撅出来的那一截屁股。

他们让我第二天再来。

我给我妈打了个电话，努力想拿这开个玩笑，没告诉她我每小时的收入。我找了其他我可以做的工作，但觉得一切有意思的工作我都不能胜任，别的又让我反感。

我给萨拉发短信，跟她说，哈哈，如果她辞职了要告诉我，因为我想申请她的岗位。她说我会很讨厌在那鬼地方工作的。

我犯了个错误，我开口要了只重演一次的《春之祭》免费入场券，我羞愧地承认，气喘吁吁地，说我在刚会走路的时候，每晚都听《春之祭》的磁带，我与那部剧有一整个故事可以讲。

我的主管无动于衷地看着我，脸上没有一丝情绪，然后说，她会看看她能做些什么，但让我不要抱太大期望，因为我连培训都还没完成，而且她不知道我最终能不能通过培训，不知道我是否适合这项工作。

我那盘《春之祭》的磁带封面上有一只巨嘴鸟、一只长颈鹿和一只大猩猩。我听磁带的时候，会想象自己在邻居家的后院里，被那只大猩猩追赶，一阵手忙脚乱地攀爬，跳过栅栏躲起来，但故事的最后我总是安稳地躺在床上，进入了梦乡。

我们模拟打电话的场景。我的主管扮演一位冷漠的潜在顾客。我们模拟的过程中，我的手机响了起来，然后我的主管好像有某种天分似的，顺势代入语境，问我那个背景音是什么。她说我很没礼貌，我应该停止拨打这个号码。我把手机调成静音，说："好的，女士，对于造成的不便我很抱歉，但您以后来芝加哥这边体验文化的时候，请一定记得我们。"我的脖子发红，主管说："我本来以为你的字典里没有'不'。"我说："我很抱歉，让我演戏太难了。"她说真的有人在努力争取我这份工作，如果我搞不定的话要让她知道。我道了歉。

她让我和克雷格搞了一小时的角色扮演。

我每天两点下班，步行回家途中会在 7-11 便利店吃两片比萨。有时我会用优步打车，有时我步行，但我从来不坐通勤列车。这是有原因的。我喜欢要么又冷又累，要么又暖和又安全。我上床时通常穿着工作服，立刻就会睡着。

我看着一把我从没坐过的椅子，一把老式扶手椅，上面盖着小块青绿色的椅套。我能以两三百美元卖掉那把椅子。到目前为止，我在呼叫中心已经赚了 60 美元，税前。我走到椅子那儿，假装在上面呕吐，然后踹了它几脚。下雪了。

我需要有人陪，所以我约萨拉一起做点什么。我们最近发过些短信，她知道我新工作的情况。我想找到曾经的那种感觉。即便是那种没完没了、令人窒息的狗屁伪朝九晚五也能好点。我告诉她今天将是我的第一个销售日（祝我好运吧！），她没有回。我在压力之下吃了一个丹麦面包。

我到了呼叫中心，因为内心焦虑，感觉想要呕吐。我看着我的新同事们——一个体重可能有九十磅[1]的女人，穿得像个芭蕾舞女演员一样，年龄大约在四十岁到六十岁之间；两个青少年、克雷格、一个名叫兰迪的紧张兮兮的笑脸男、那个在走廊里嚼口香糖的人、那个喝酸奶的人，还有我的主管。在过去的一个半星期里，我得知了他们所有人的背景——"艺术家"、做副业（存疑）来赚更多薪水的办公室职员、拿 GED[2] 文凭的人、被淘汰的人、重获新生的人。

我戴上我的耳机，看着我的稿件。我拨打了第

---

1　1 磅约合 0.45 千克。

2　指一般教育发展考试（General Educational Development Tests），是全美承认的替代高中毕业生文凭的考试。

一个电话号码，响了两声之后强迫性地按下一个呼叫按钮。我把这个人标记为不在家。下一个接电话的女人说："不，很抱歉她现在不在家，我能给她带个口信吗？"尽管我确定那就是她本人；当我问她对芭蕾有没有兴趣时，她大笑着挂了电话。接下来接电话的那个家伙对我大吼大叫，然后挂断电话。大多数电话都直接转到了语音信箱。

我能感到主管就站在我身后。

我的肌肉绷紧了。

我正在跟一个听起来像我爸的人通电话。他非常平静地解释说，到现在为止他已经四次要求把自己的名字从呼叫名单上去掉了，但他还是一直接到这些电话，他无意冒犯芭蕾舞表演，但这越来越离谱了。主管问我有没有微笑，词典里有没有"不"。

"看看那个地区代码，那是北海岸。问他有没有足够的钱支持我们的演出季。"

我努力想要听他讲话，但她一直冲着我耳边大喊大叫，一步步逼近我，然后我说："真的很抱歉，一定是我们的数据出错了。"他告诉我他知道不是我的错，但他很生气，很厌烦，我能听到我的主管大笑着说："我们的数据没有任何问题。"我在听她讲话，也在听他讲话，我用一根手指堵住耳朵，想集中注意力听他在说什么，因为她的笑声和喊叫让我根本听不见他。接着我的主管靠在我身上，用她的手指抚过我的脸颊，把我的头发捋到后面。因为我剪了新发型，所以那种感觉一直蹿到我的头皮。我整个身体都在发抖。她在拉我的头发，动作很轻，但我能感觉到那种拉拽，感觉到那股愤怒。被我堵住的耳孔露了出来，她气急败坏地大吼："不要冲我堵耳朵！"我跟那个男人说（不知道他能不能听见这边发生了什么）我会把事情搞清楚，并祝他今天过得愉快，然后挂断电话，我浑身都僵住了，感到震惊。我的主管对我说，永远不要在她跟我讲话的时候堵住耳朵。我努力试着解释，要同时进行两个对话很难，她说那是我需要培养的一种技能。"这里的每一个人都掌握了。"接着，她开始羞辱我的智商。我依然能感觉到她刚才放在我身上的手，拉扯着我的头皮。我说我要去卫生间，趁机离开了那栋楼，永远。

# 第二十七章

我可以指出我人生中的主要问题之一，就是跟进，或者说缺少后续跟进。我打算跟萨拉提一提这点，希望我们可以就此聊一聊，这样我就可以对每件事都做个结论。我在公寓里忐忑地来回走动。

自从我丢掉展销厅的工作，已经一个多月没见萨拉了，我希望她能理解。

离开呼叫中心走回家的路上，我买了一打鹅岛312。很合理。很好笑。我有十个芝加哥区号的未接来电。

我打开一罐啤酒，一直在踱步。明天我很有可能回到呼叫中心，假装我旷工是因为误解了工作日程安排。我的电话又响了，看在老天爷的份上，这次它转到了语音信箱。我记得大学时期的一个男友说了诸如此类的话："如果你打算做些什么，你必须做得很好。"这句话可能是他从某处看来的。他知道些什么呢?

我尝试评估什么能带给我快乐,以及那些东西能不能给我带来一份满意的工作。我思考自己是如何打发时间的。我的兴趣在哪儿。问题自然而然地来了,仿佛是老天发问一样,答案就在我空空的脑壳里:什么都没。什么都没,什么都没,什么都没。

萨拉在叽叽喳喳地说话。她像往常一样带来两罐常温的帕布斯蓝带啤酒,还带着拉环。我给了她一罐312,这样她带来的啤酒就可以先放在冰箱里冷藏。她没问我过得怎么样。

萨拉坚称觉得自己应该带一些啤酒过来,因为是我在招待她。她问我有没有烟。

"我在公司过了挺糟的一天。"我说。

萨拉点点头。"是的,我的狗屁事情总是搞砸。"她跟我讲她办公室里的同事一直在听烂俗的音乐,她感到一场冲突正在酝酿。

"哎,你懂的。说话得机灵点,记得挑重要的事情去做,"我说,"跟敏感的人打交道的时候要小心。你也知道,你不想最后落得——"

"找一份你那样的狗屁工作?"她问。

"没错。"

我喝了口酒。

"哎呀，好啦，不要担心那个了，"她说，"我觉得我也不会沦落到去呼叫中心。"

"是啊，那当然。"我说，甚至没有动气。情绪总是稍后才来。

我们喝酒。

"刚才你说今天过得很烂什么的？"萨拉问。那是被迫说出来的，就好像她刚刚才提醒自己要问问我的情况。

"是的，特别糟。"

萨拉耸耸肩。

"今天是我第一次打电话推销。感觉特别奇怪。"

"是的，我想着也会很糟心。我的朋友克洛艾以前在呼叫中心工作，她说那些人会一直冲她吼，不过她很擅长干那行，赚了一大笔钱。但她真的是品貌兼优，工作时也很有幽默感。"

"好吧，其实打电话的部分还好。我主管扯了我的头发。"

很奇怪，萨拉看上去无动于衷。我更详细地解释了经过，从最开始讲起：角色扮演，遭遇的挑衅，那些吼叫以及最终导致我的头发被扯。

"在那之后我就走了。"我说。

"你跟她说过你要走吗？"

"没，我只是接受不了。之前工作的地方从没有人碰过我。"

"所以你又失业了？"

我说："是的，我觉得是。"声音高得奇怪。我们继续喝酒。

萨拉说她的愿望就是可以辞职，我想她这是暗示我很幸运。

我们又聊了聊我为何没能拿下展销厅的职位，萨拉跟我说那些派遣工作就是这样的。

"是的，我明白。我只是觉得自己目前陷入了绝境。我不知道能做什么。"

"你不要再辞职了，"她说，"那样会有帮助的。或许也不要再从你的岗位上偷乱七八糟的东西了。"

我假装没有听到最后一句话，那么事不关己，那么残忍。

她说起她工作上的其他一些事情，讲了一个故事：有人试图让她感觉自己有某些不讨喜的地方，结果并没有得逞。我的脉搏加快了，说了句："他妈的，太差劲了。"

我只想坐在沙发上，看一场电影，再点些东西吃，这本来似乎极其简单可行，然而客观来讲，在此时此刻，是不可能的。

我想听她说："噢，米莉，你挺好的——这种情况太常见了。看看你，你这么聪明，你真的很棒，现在经济形势也很不好。一直有人发招聘信息啊。如果你能再坚持一个月，我相信你会找到可以做的事情。都会过去的。不要对自己这么苛刻。"

我喝光啤酒，说："所以，我们算不算是难兄难弟？"

"情况并不完全一样。"她说。

"同意。"我说。

我又拿了一罐啤酒。我们接着喝。接着闲扯。

我感觉胸口被猛击，想着一切从未改变。一切都处在一条缓慢的下坡路上。你能想出一长串你更愿意做的事，但出于某种惰性，或是因为那些关于你是谁、生活是什么的残酷事实，你永远以回到起点收场，醉醺醺地坐在一把又硬又黏的椅子上，跟一个你厌恶的人待在一起。

萨拉在说，她很有可能把她公司的糟烂情况都抖出来。

"不等你离职就这么干吗?"我问。

她的声音就像钉子在黑板上划。就像把我的手塞进垃圾粉碎器中。我觉得如果她一直说下去,我会失控。我能感到自己心中开始激起一种疯狂的、肆无忌惮的大笑。她瞥了我一眼,然后说她不会离职。她会尽力让董事会把她老板炒了。我问她是不是想上位,她甚至听不出我在开玩笑。

"我担心我又开始严重抑郁了。"我说。

萨拉又拿了我的一罐啤酒,还有我的一支烟,说:"是啊,我也是。"

"噢,不,我希望你会没事的。"我说,睁大的双眼带着不加掩饰的敌意。

"我会走出来的。"她说。

我们又喝光了几罐啤酒,她呻吟着,对我说她需要躺下。她躺在我的地板上,靴子厚厚的橡胶鞋底陷进了我粉色的碎呢地毯里,那是我上大学时买的,一直用到现在。她靴子底上有脏水,把地毯的软纤维染成了脏兮兮的肉色。

我在地板上躺下,盯着她。"你进我家要脱了那双该死的鞋。"

萨拉叹了口气说:"饶了我吧。"

我告诉她我非常认真,她呻吟着,很恼火。我拽下她一只靴子,扔到了角落,她大笑起来。我感到自己在欢乐的假生气和真实的愤怒间徘徊。

我抓住她另一只靴子,脱下来,放在我旁边。她又哈哈大笑,想移开脚,但我抓住了她的脚踝,握得很紧。

"你脚臭。"我说。

"不,不臭。"

'噢,真的吗?"我把她的脚挪到她鼻子那儿,她开始大笑。

我们终于有了点默契,找到些乐子。

"好吧,确实有点臭,但现在是冬天啊。每个人的脚在冬天都会臭。"

"不,不是的。"我把我的脚伸到她脸上。透过我的连裤袜,我能感觉到她的鼻子,以及上面的软骨。

萨拉大笑着说:"你他妈干啥?"

如果有人看到我俩,他们会说:"哎呀,看那两个人,又斗起来了。"

我坐回到地板上,闻自己的脚。护丽洗涤剂的气味。我伸手到桌上拿她的啤酒，然后递给她，她拿着罐子喝，整个人还是躺着。啤酒顺着她一侧的脸淌下来，流进了她的耳朵里，她又开始大笑，显然很开心。我按照印度人的坐姿坐着，喝着酒，低头看着她。

"我闻起来很香。我真的很干净。"我说。

"我们闻起来是一样的。"她说。

我闭上眼睛，用我的鼻子呼吸，我想尖叫。我告诉她我费了很大功夫才能有这样的体香。

"哦，啊哈，好吧，米莉。"

我跪着起身，摇摇晃晃地靠近她。我把腋窝贴到她脸上，说："闻到了吗？"

我承认我的腋窝在她脸上贴得有点紧。她说："行了，行了，你赢了。天哪，别他妈再这么蠢了。"

"在公司，有人对我动手动脚！"我大叫，想开个教堂里的按手礼的玩笑；在那之后应该发生些转变，一个人在离职后应该有变化，但玩笑没达到预期的效果。有太多没有言明的语境。"我是被社会拒绝的人。"我说。

"哦我的天，看看你周围。"她说。

我假定这是指我所有的物品——我炉子上方是

中古风的吊灯、我的瑞典风 Technivorm 牌咖啡机、我妈给我买的深红色女式衬衫，等等。我点了一支烟，不屑一顾地四处挥动我的手。

"不是我。"我说。她又大笑，但这次我觉得自己没有参与进去。"我内心是个罪犯。"我说，真希望那是真的。

"你内心并不是罪犯。"她说。语气里没有安慰，只有怒气。

我想倒几杯啤酒，坐在沙发上看场电影。我想让她借我的新睡衣穿，和我一起搞场睡衣派对，真该死，她却在和我争吵，说我多么容易就过上了现在的生活，说我根本不是一个被拒绝的人，不是个罪犯。这真他妈的让人沮丧，真无聊，我想死。

啤酒让我有点头晕。

萨拉在讲话。但我已经习惯充耳不闻，习惯了认为她在交谈中能带给我的东西一文不值。

我想着蒂芙尼和我的神奇画板。尽管不可能，我觉得仍然能感到她的脖子在我手里。我想着瑜伽课。想给我妈买的肥皂。我想对萨拉说他妈的滚出我家。我会用恶魔般的男中音吼出那句话："**他妈的滚出我家!!!**"我想着我的每一个决定都被否决，我的每一个行为在根本上都不被认可，我感到眼泪涌上胸口、脸颊，我想着就算我让它们全部流出，那他妈的也什么都不会改变。得到的回答依然是不，永远的不。我想抽萨拉一巴掌。我在进攻范围之内。我想朝她脸上吐口水，想尖叫，但那都无关痛痒。

我站起来，轻轻踢了踢她肩膀，打开另一罐啤酒，换了话题。

"所以，克里斯怎么样了？"

我坐在椅子上，一条腿搁在另一条上，尽可能地让身体静止。啤酒喝完的时候，这个夜晚也结束了。

# 第二十八章

时间在一片他妈的模糊中流逝。几年过去了。米莉被派遣工中介从那个二流岗位辞退时所在的那条河，依然流淌，不停，不停地流，最终和人们预想的一样，被鲤鱼攻占，皮划艇上的游客们冲着鲤鱼的尸体大笑、尖叫，用手中的桨把尸体拨开。人们依然购买芭蕾舞剧的季票，希望那表演可以改变他们。下定决心，决心破灭。人们无意识地从愤怒中寻找慰藉，那种愤怒将他们填满，又将他们带离到一个新的维度——一个美好未来的幻象。没有人想过历史的范畴会避开他们，随着时间洪流的翻滚，成千上万与他们相似的人会取代他们；那洪流翻滚，看似是线性的，是骗人的，是静止的，又不断变化。

地球上，米莉的时间之环上的某处，她在一个不眠之夜苦苦思考。她已不再置身于那段事物发生变化的生活之中了。从现在起，她所做的将更持久，不会轻易被新的事物取代。意识到这点，她感到恐慌，是幽深、广阔、无尽的，随即她感到解脱。

米莉从桌旁站起来，向后仰，感到脊柱周围的肌肉在收缩和放松。

她打了个哈欠，本想压住嘴里的声音，但最终发出了一声很高、很滑稽的叹息。旁边隔间里的艾丽莎，默默地模仿这个声音（她发现这声音在恶心中又让人感到自我满足，具有音乐性，米莉几乎像是在说"好吃好吃好吃"）。对艾丽莎而言，米莉是一个警诫般的存在，提醒她不要守着一份工作干太久。米莉的头衔——"初级办公室经理"，让她彻底反感。艾丽莎要去读研究生了，这毫无疑问，可能去纽约。在此期间做的一切都是打发时间。

米莉的鞋已经磨破了她的脚跟，她记不清家里是不是还有邦迪创可贴。她把那只脚从鞋里抽出来，点击电子表格上方的打印按钮。

在去打印的途中，她停下来，问艾丽莎是不是在期待周末。

"是呀。"

"我也是。"

表格从打印机里出来，还是热的。沿着走廊走向克莱尔办公室的途中，米莉很快地把表格在脸上贴了一下。

米莉走过了克莱尔办公室的门，多走了几英尺，转过身，说了声"哎呀"，然后往回走。

开门前，她敲了敲门。

克莱尔，三十二岁，是名副其实的办公室经理。她在戴尔电脑的显示屏旁边放了一张必备的镶框全家福，她经常以很低的音量听播放列表上的前四十首歌。

"嗨，米莉，有什么事吗？"她问。

"我来交这个。"米莉说，把表格递给了她。

"你真是最棒的，非常谢谢你。"

米莉微微笑。

"你想让我今天调整门户网站吗？或者周一可以吗？"

"噢，周一——周一完全没问题。"克莱尔说。

她正翻阅着电子表格，这是出于习惯，并不是需要检查。米莉依然在门口站着。

"啊，我的天，太不好意思了。我走神了，"克莱尔说，"你今天想早点下班吗？"

"如果对你来说没关系的话。"

"你周末有什么特别的计划吗？"克莱尔问。

"并没有，我只是要放松放松。"

克莱尔微笑着说："是啊，快去吧，下班吧。我希望我也有个放松的周末！"

克莱尔有点懊悔，觉得自己说话时假定米莉是独身一人，有些尴尬。


米莉关掉电脑，跟艾丽莎说了再见，走出大楼，朝列车月台走去。夏日的微风以最完美的方式拂动树叶。周五。幸福的自由。在她面前是浩瀚的时间。从现在到一切终结之间，数不尽的时间。

# 致谢

谨对我的编辑琳赛·施沃里、我的代理克劳迪娅·巴拉德致以无尽的谢意，感谢她们为这本书付出的时间与辛劳。此外，一如既往地感谢艾玛、苏兹、耶日、巴比、妈妈，以及爸爸。

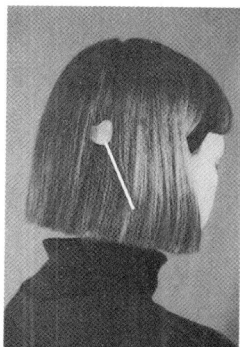

我想找个缝，

看看这快乐底下究竟是什么，

我说不上来——

或许是一种尖锐的孤独。

# 一頁 folio

## 始于一页，抵达世界
### Humanities · History · Literature · Arts

出品人　范　新

出版统筹　恰　恰

策划编辑　苏　骏

营销总监　张　延

营销编辑　戴　翔

新媒体　　赵雪雨

版权总监　吴攀君

印制总监　刘玲玲

装帧设计　汐　和

内文制作　陆　靓

Folio (Beijing) Culture & Media Co., Ltd.

Bldg. 16-C, Jingyuan Art Center,

Chaoyang, Beijing, China 100124

一頁 folio
微信公众号

官方微博: @一頁 folio ｜官方豆瓣: 一頁 ｜媒体联络: zy@foliobook.com.cn